살자 한번 살아본 것처럼

아모르파티

윤슬

살자 한번 살아본 것처럼 아모르파티

초판 1쇄 발행 2017년 5월 10일

지은이 윤 슬
교 정 최성희
디자인 고현경
제 작 네오시스템

발행인 서상일
발행처 소나무
출판등록 제 25100-2017-4호
주 소 대구광역시 달서구 학산로 19길 36
이메일 sonamuin@naver.com
블로그 blog.naver.com/sonamuin

ISBN : 979-11-960763-0-6 (03810)

이 도서의 국립중앙도서관 출판예정도서목록(CIP)은 서지정보유통지원시스템 홈페이지(http://seoji.nl.go.kr)와
국가자료공동목록시스템(http://www.nl.go.kr/kolisnet)에서 이용하실 수 있습니다. (CIP제어번호 : CIP2017010225)

"나를 살린 것이 책읽기였다면,
나를 깨운 것은 글쓰기였다"

Prologue

처음으로 떠나는 해외여행.

처음으로 만나는 사람.

처음 시작하는 것에는

늘 설레임과 두려움이 공존합니다.

처음이지만, 서툰 티가 나지 않기를 바라고,

처음이지만, 너무 힘들지 않기를 희망합니다.

즉 처음이지만, '처음처럼' 기록되지 않기를 희망합니다.

하루에 한번 고개를 들어

파란 하늘을 찾는 이유가 거기에 있지 않을까 싶습니다.

우리를 찾아온 스물 몇, 혹은 서른 몇 살.

생애 처음입니다.

물론 마흔 셋, 쉰 몇. 마찬가지입니다.

처음임에도 불구하고,

우리는 완벽하게 장식하고 싶어합니다.

'처음인데, 잘했어'

'그럴 수도 있지'라고 너털웃음 지을 수 있어야 하는데 말입니다.

실수가 늘어나면서 자꾸만 용기를 잃어갑니다.

'세상이 우리를 기다리고 있다'라고 말하는데,

세상을 향하는 걸음에는 두려움이 늘어갑니다.

그러던 어느 날.

문득 이런 생각을 해보았습니다.

한번 살아본 것처럼, 살아보면 어떨까.

한번 해봤던 것처럼, 시도해보면 어떨까.

한번 만나봤던 것처럼, 만나보면 어떨까.

한번 해보았던 일을 다시 할 때 두려움을 덜 느끼고,

마음이 가벼워지는 것처럼 말입니다.

인생은 우리에게 질문을 던져옵니다.

"어떻게 살고 있니?"

망설이며 주저했던 청춘의 시간을 조금 넘긴 요즘,

질문의 대답이 한결 부드러워진 것을 느낍니다.

"살자 한번 살아본 것처럼"이라고 마음 먹은 후부터.

벚꽃 가득한 창가에서 윤슬

차례
Prologue

PART 1. 별은 하늘에만 있지 않습니다

PART 2. 배우는 속도는 모두 다릅니다

별은 하늘에만 있지 않습니다

모든 일의 원인

세상이 당신을 향해
원망을 쏟아내는 것처럼 느껴지겠지만,
그것이 전부가 아닙니다.
세상도 궁금해서 그런 것입니다.
왜 그렇게 되었는지.
어떻게 된 일인지.
그리고 무엇보다 당신은 괜찮은지.
당신에게 세상이 처음인 것처럼,
세상도 당신이 처음입니다.
그러니
모든 일의 원인이
당신에게 있다고 결론내리지 마세요.
모든 책임으로 당신을 괴롭히지 마세요.
절대 자학하지 마세요.

빚 갚기에 가장 좋은 때

마음으로는 동해를 채우고,
태평양도 채웠다고 합니다.
말을 글로 옮기면, 대하소설이라고 합니다.
그래서 드리는 얘기입니다.
아낄수록 좋은 것이 있지만,
아끼지 않아야 좋은 것이 있습니다.
'마음을 말로 표현하는 일'이 그렇습니다.
어떤 경우든 빚은 부담스럽습니다.
마음빚 또한 다르지 않습니다.
태평양 채우지 말고,
대하소설 쓰지 말고,
그냥 오늘 말하세요.
빚 갚기에 가장 좋은 때는 '지금'입니다.
사랑합니다.
미안합니다.
고맙습니다.
정 어려우면, 문자라도 보내세요.
이자 더 붙기 전에.

일단 살아보기

릴케의 충고처럼
청춘에게 필요한 문장은
'일단 살아보기'입니다.
스물이라면 서른을 살아보는 것.
서른이라면 마흔을 살아보는 것.
마흔이라면 오십을 살아보는 것.
오십이라면 육십을 살아보는 것.
'어떠할 것이다'라는 추측보다
'어떠했다'라는 삶으로 증명해야 합니다.
자신에 대한 신뢰감과
자신에 대한 확신을.
'살아내는 과정'속에서 만들어야 합니다.
일단 살아봐야 합니다.
아니, 살아야 합니다.

생각보다 먼 길

하루쯤은 적당하게 쉬고,
적당하게 먹고,
적당하게 놀고,
적당하게 자도 괜찮습니다.
하루쯤은 괜찮습니다.
'늘, 항상'이라는 부사도 있지만,
'가끔, 한번쯤은'이라는 부사도 있습니다.
힘들면 가다가 잠시 쉬어도 됩니다.
누가 쫓아오는 것도 아니고,
누구에게 자랑할 것도 아닙니다.
쫓기지 말고,
지치지 말고,
당신의 호흡으로 가십시오.
인생,
생각보다 먼 길입니다.

스스로를 발견할 수 있는 기회

늦은 오후부터 내린다고 했었는데, 아침부터 부산스럽습니다.
바닥으로 퍼져나가는 애교 가득한 목소리에 제법 힘이 실려 있습니다.
잠들어있는 대지를 깨우는 손길이 제법 익숙합니다.
'비 올 확률이 30퍼센트'라는 소리에 고민했습니다.
우산을 가져가야 하나, 말아야 하나.
그런데 다행입니다. 비가 와서.
아니 정확하게 표현하면, 우산을 가져와서 다행입니다.
30퍼센트의 확률.
'인생은 확률이다'라는 말처럼,
장담할 수 없는 상황에서 확률은 든든한 조력자가 됩니다.
저처럼 조금 소심한 성격은 30퍼센트의 확률을 쉽게 지나치지 못합니다.
아마 보다 적극적이고 능동적인 성격이라면
나머지 70퍼센트에 집중할지도 모르겠습니다.
비가 오면 해결하겠다, 라고 생각할 수도 있으니까요.
단순하게 어느 것이 '더 옳다, 그르다'라고 구분할 필요는 없을 것 같습니다.
어떤 현상이나 상황을 해석하는 방식이 다를 뿐이니까요.
다만 확률과 선택속에서 자신을 살펴보면 좋을 것 같습니다.
어느 경우에 몸을 움직이는지.
어떤 상황을 더 마음 편하게 받아들이는지.
무엇에 더 마음이 쏠리는지.
자신을 발견할 수 있는 기회,
생각보다 많습니다.

그녀에게 너무 미안해서

몸이 불편한 부모님을 모시고 살아가는 마흔의 아가씨입니다.
부모님의 손발로 살아가다보니,
그녀의 하루는 부모님으로 시작해 부모님으로 끝납니다.
결혼할 남자를 만나도 부모님 잠자리 걱정이 먼저입니다.
일자리를 찾아다닐 때면 추가근무시간이 늘 걱정입니다.
고통을 감당하지 못하는 부모님에게
그녀가 유일한 안식처임을 알기에,
온몸으로 꺼안은 채 꽃으로, 열매로, 뿌리로 살아갑니다.
밤이 많이 깊어지고 나면,
드디어 그녀의 무거운 눈꺼풀에도 평화가 찾아옵니다.
그녀는 말합니다.
'훌쩍 떠나고 싶다는 욕망을 내려놓은 지 한참되었다'라고.
십리도 못 가서 발병날 것임을 알기에,
매서운 바람에 마음이 잦아들기를 기다린다고 말했습니다.
오늘도 그녀는 말합니다.
'인생은 선물이다'가 아니라, '인생은 견디는 것이다'라고.
'좋은 것은 가슴으로 안고, 아픈 것은 등에 짊어졌다'라고.
종종 그녀가 안부를 묻습니다.
"잘 지내고 있으시죠?"
저는 늘 이렇게 대답합니다.
"네. 잘 지내고 있습니다"라고.
정말이지, 그녀앞에서는 도저히 엄살을 부릴 수가 없습니다.
그녀에게 너무 미안해서.

익숙한 시선

사람에게서 무엇을 발견하느냐는
오로지 '바라보는 사람'에게 달려있습니다.
부족함이든.
특별함이든.
들여다보는 마음에 달려있습니다.
똑같은 상황을 두고
누군가는 '소심하다'라고 말하고,
또 다른 누군가는 '세심하다'라고 말합니다.
그런 까닭에 먼저 살펴봐야 합니다.
그 사람이 아니라, 자기 자신을.
사람은 익숙해지면 무뎌지기 마련이고,
'익숙한 것'을 좋은 것이라고 해석하기 쉽습니다.
'익숙한 시선'이 아니라,
'새로운 마음'으로 들여다봐야 합니다.
세상도.
사람도.

모두 옳은 것

살아가면서 배웁니다.
자신의 인생을 사랑하며 살아야 하듯,
다른 사람의 인생도 사랑하며 살아야 한다는 것을.
살아가면서 배웁니다.
자신을 용서하며 살아야 하듯,
다른 사람도 용서하며 살아야 한다는 것을.
살아가면서 배웁니다.
사랑하든.
용서하든.
함께 잘 살기위한 방법이라는 사실을.

웅크림에도 격이 있음을

세상에는 알다가도 모를 일이 가득합니다.
씨를 뿌린 적도 없는데
하늘에서 뚝 떨어진 수박이 그랬고,
시린 겨울날 얼어붙은 땅을 뚫고 올라오는 시금치가 그랬습니다.
'저 여기 있어요'
'저 지금 무엇을 해요'
결코 소리지르는 법이 없습니다.
그저 자신의 자리를 지키고 있을 뿐입니다.
묵묵히 살아가는 그들, 그들에게 '웅크림'을 발견합니다.
얼어붙은 겨울 땅에는 숨소리조차 들리지 않습니다.
하지만 때가 되었다 싶으면,
'언제 그랬냐'는 듯, 고개를 내밀어 기어이 틈을 만들어냅니다.
그리고는 담대하고 자유롭게 제 길을 갑니다.
놀랍고 경이로운 순간입니다.
웅크림에도 격이 있음을, 그들에게 배웁니다.

혼자 서 있을 수 있는 사람

세상이 말하는 '공식'이 아니라,
당신이 정한 '방식'으로 살아가야 합니다.
누군가의 위로나 손길에 기대어
따라가는 것이 아니라,
당신이 정한 룰에 따라 걸어가야 합니다.
혼자 서 있을 수 있는 사람이
다른 사람과 함께 서 있을 수 있습니다.
혼자 서 있을 수 있는 사람이 되십시오.
나무가 서로의 그늘에서 자랄 수 없듯,
누군가의 그늘에는 한계가 있기 마련입니다.

무엇을 시작하기 가장 좋은 날

오늘은
내 인생의 '가장 젊은 날'이며,
동시에
내 인생의 '가장 마지막 날'이기도 합니다.
무엇을 다시 시작하기에 가장 좋은 날,
무엇을 마무리하기에 가장 좋은 날,
'오늘'입니다.

너는 지금 어디에 있니

가끔은 생각지도 못한 곳에서 인생수업을 받게 됩니다.

그날도 그랬습니다.

상권이 개발되면서 아파트 주변이 아침마다 전쟁입니다.

특히 월요일 아침은 더욱 그렇습니다.

그날도, 아파트 주차장을 힘겹게 빠져나가

드디어 개미의 행렬에 합류했다고 기뻐하고 있을 때,

운구차와 어린이집 통학버스가 눈에 들어왔습니다.

좀처럼 만나기 어려운 상황이 펼쳐진 것입니다.

같은 시간을 지나고 있지만, 다른 공간을 향하는 모습.

깊은 슬픔으로 몸을 움츠려야할지,

들뜬 마음으로 옷 매무새를 다듬어야할지 고민스러웠습니다.

그 사이 초록 신호등에 불이 들어왔고,

두 대 모두 심호흡을 크게 한번 하더니, 걸음을 재촉했습니다.

하나는 새로운 곳을 향해.

또 하나는 떠나왔던 곳을 향해.

인디언 명언에 이런 말이 있습니다.

'세상에 올 때 너는 울었고, 세상은 웃었다.

하지만 세상을 떠날 때는 너는 웃고, 세상은 울게 하여라'

뒷모습을 바라보는 마음에 알 수 없는 감정들이 찾아듭니다.

엑셀에 올려놓은 발이 말을 건네옵니다.

웃자.

웃으며 살자.

감사하자.

감사하며 살자.

오늘 웃으면서 살자.

떠날 때 웃을 수 있도록.

곧 동풍이 불어올 것입니다

웅크림의 시간.
방황의 시간.
그 모든 것들은 인생에서
한 번은 지나가야 할 사춘기처럼
피할 수 없는 이름입니다.
인생이란 가장 좋은 것만으로 살아가지도,
가장 아픈 것만으로 살아가지도 않습니다.
약간 좋은 것들과
약간 아픈 것들이
절묘한 비율로 찾아 들어오는 것.
그것이 '인생'입니다.
무너지지 말고, 포기하지 말고,
조금만 더 버텨주었으면 좋겠습니다.
곧, 곧 동풍이 불어올 것입니다.
곧.

삶을 반짝이게 하는 것들

1층에서 엘리베이터가 내려오기를 기다리고 있었습니다.

시골에서 올라오신 듯한 두 분께서

엘리베이터앞으로 짐을 옮기고 계셨습니다.

모이를 집어 나르는 어미새처럼, 하나씩. 하나씩.

그 모습이 꼭 부모님 같았습니다.

가끔 대구에 떨어져있는 딸에게 올 때마다

두 손이 얼마나 무거운지 모릅니다.

주위에서 "피난가는 길이야?"라는 핀잔을 들을 정도였으니까요.

그 마음이 생각나, 출입문밖의 짐을 안으로 몇 개 옮겨드렸습니다.

'고마워요'

'고마워요'

별일 아닌 일에 두 분께서 어찌나 고맙다고 말씀하시는지,

오히려 제가 민망했습니다.

"꼭 저희 부모님같으세요"

대답이 되었을지 모르겠지만, 그렇게 웃으며 헤어졌었습니다.

며칠이 흘렀을까요.

종종 인사하며 마주쳤던 이웃을 엘리베이터에서 만났습니다.

"혹시 며칠 전에 어르신들 짐을 옮겨준 적 있으세요?"

"아, 그런 적이 있기는 한데..."

"그렇죠. 부모님께서 그날 너무 고마웠다고 꼭 마음을 전해달라고 하셨어요"

"아. 그거 별일 아니었어요. 정말로"

환하게 웃는 그녀에게 눈인사를 보내며 엘리베이터를 빠져나오는데,

문득 이런 생각이 들었습니다.

'사람을 특별하게 만들고,

삶을 반짝이게 만드는 것은

어쩌면 크고 대단한 것이 아니라,

작고 소소한 것들인지도 모른다.

인생을 살아가면서 노력해야하는 것이 있다면,

크고 거창한 것들로부터

작고 소소한 것을 지켜내는 일, 그것일지도 모른다'

가을기도

불평의 문이 아니라,
감사의 문을 열고 들어오는
저 가을바람처럼.
높고 푸른 기상으로
흔적에 연연하지 않은
저 가을바람처럼.
머물다 간 자리마다
꽃을 피워내는
저 가을바람처럼.
높고 청아한 기상으로
가슴에 새겨지는
푸른 인연이 되고 싶습니다.

살아보니, 대충 맞는 말

가는 말이 괜찮으면,
오는 말도 대충 괜찮습니다.
영리함이 '걷는 놈'이라면,
꾸준함은 '나는 놈'입니다.
'기록하는 습관'이
'기억하는 세포'보다 한 수 위입니다.
'어떠한 원인'에 의한
'마땅한 결과'는 존재합니다.
기대어 서 있지 않다면,
두려울 것도 없습니다.
뿌려놓은 것이 있어야, 거두는 것도 있습니다.
한 방을 노리다,
한 방에 가는 경우 여럿 봤습니다.
살아보니, 대충 맞는 것 같습니다.

평가는 조금 미뤄두고

우리나라 고3 어머니 중에 '100일 기도'를 하지 않은 분은 없을 것입니다.

어머니.

자신을 위해 '100일 기도'를 해본적은 없어도,

가족이나 자식을 위한 100일 기도에는 주저함이 없습니다.

100일 기도는 간절함, 그 자체입니다.

블로그에 글쓰기 100일 미션을 실행한 적이 있습니다.

가끔 30일 미션을 진행해오던 터라, 무엇이 그리 어려울까 싶었습니다.

솔직히 고백하면, 충분히 이뤄낼 것 같았습니다.

열흘, 이십일 쯤 되고, 삼십일쯤 되었을 때, 고비가 찾아왔습니다.

아니나다를까, 그 즈음에 X표를 두 개 맞았습니다.

두 개의 X표. 괜한 오기가 생겨났습니다.

'너무 만만하게 보았구나'

'100일 미션 덕분에 꾸준히 글도 쓰게 되고,

도움되는 것도 많잖아'라는 생각으로

마음을 가다듬고 다시 덤벼들었습니다.

8,90일쯤 되었을 때였습니다.

또 한번의 고비가 찾아왔습니다.

그러면서 새삼 깨달았습니다.

어떤 한 가지를 끝까지 유지한다는 것이 정말 어려운 일이구나.

하여간 몇 개의 'X표'를 더 장식한 후, 100일 미션은 끝났습니다.

첫 미션의 실패가 아쉬웠던 걸까,

그 후에 100일 미션을 2번 더 했습니다.

'작심삼일도 10일하면 30일이다'라고 했었는데,

100일미션 3번 했더니, 300일. 그렇게 일년이 지나갔습니다.

단순한 호기심,

'조금 도움이 되지 않을까'라는 가벼운 마음으로 시작한 100일 미션.

제 인생의 1년을 채웠습니다.

가만히 생각해보면 그런 것 같습니다.

인생은 의도에 의해 시작하는 것도 있지만,

의도와 상관없이 시작되는 일도 있는 것 같습니다.

100일 미션이 그랬던 것 같습니다.

성과를 떠나, 마음이 동한다면.

어떤 식으로든 호기심이 발동한다면.

그 일을 시작하는 사람이 되었으면 좋겠습니다.

시작을 해야 만나고,

시작을 해봐야 발견할 수 있습니다.

나의 것인지, 나의 것이 아닌지.

원하는 길인지, 원하지 않는 길인지.

너무 따지지 말고.

마음이 가는대로 시작해 보았으면 좋겠습니다.

평가는 조금 미뤄두고.

어느 봄날의 동화

이 봄, 내년에도 만날 수 있으려나.

이 꽃, 내년에도 볼 수 있으려나.

이 봄, 내년에도 올 수 있으려나.

휠체어에 앉아 다리를 편 채,

벚나무에 손을 대고 있는 모습은

마치 그렇게 이야기하는 것처럼 보였습니다.

서로가 서로를 대하는 모습은 익숙함, 그 자체였습니다.

"할머니, 지난 겨울 잘 보내셨지요?"

벚나무가 먼저 말을 걸어옵니다.

무릎 위로 떨어진 꽃잎을 매만지며

할머니가 대답합니다.

"그래, 너도 겨울 보낸다고 힘들었지?"

"할머니, 이제 건강은 좀 나아지셨어요?"

힘겹게 고개 들어올린 할머니의 눈가가 촉촉합니다.

"그럼, 그럼. 내일도 나올 수 있단다"

"내일도 나오고, 그 다음날, 그 다음날에도 올 거란다"

"할머니, 다행이에요. 정말 다행이에요"

"할머니 이번 봄이 제법 길 것 같다고 해요"

"그래? 그것 참 다행이구나. 정말, 정말 다행이야"

마음의 생로병사(生老病死)

가는 마음
애써 잡지 않으려고 합니다.
오는 마음
애써 막지 않으려고 합니다.
빌린 마음 남지 않도록
밑진 마음 생기지 않도록
가는 마음 잘 보내주고
오는 마음 잘 맞이하면서
살아볼까 합니다.
세상에 영원한 것은 없다고 했습니다.
마음의 생로병사(生老病死),
이제는 그 길을 허락할까 합니다.

메멘토 모리(Memento Mori)

중세 유럽의 수도승들은 서로 만나면
'메멘토 모리(Memento Mori)'라고 인사했습니다.
메멘토 모리(Memento Mori). 죽음을 기억하라.
'당신도 죽는다'는 것을 잊지마라.
언젠가 우리에게도 죽음의 그림자가 찾아올 것입니다.
하늘과 바람이 길을 비켜주고
별들이 모든 아픔을 대신 삼켜주는,
그날이 찾아올 것입니다. 언젠가는.
처음 온 그 날처럼 울고 있을 지,
어느 때보다 환하게 웃고 있을 지.
지금으로서는 알 길이 없습니다.
하지만 분명한 것은
우리에게도 그 날이 올 거라는 사실입니다.
영원할 것 같은 이 기차에서 내리는 날.
너그러운 미소로 손 흔들 수 있었으면 좋겠습니다.
메멘토 모리(Memento Mori).

가장 좋은 때

지금 말하세요. 아주 작은 목소리로라도.

지금 떠나세요. 오늘 저녁에 다시 돌아오더라도.

지금 시작하세요. 내일 그만두게 될지라도.

무엇을 하든, 어디에 있든

'지금'이 가장 좋을 때이며, 가장 완벽한 때입니다.

세상의 기준이나, 누군가의 시계로 '완벽한 때'를 맞추지 마세요.

'때를 기다린다'라는 말,

'때를 놓쳤었다'라는 의미로 대신 사용되기도 합니다.

시작하기에 가장 좋을 때는 '지금'입니다.

발밑으로 야무지게 흘러가는 시간이 보이지 않나요?

신발의 흙이 조금씩 마르고 있다는 것이 느껴지지 않나요?

만나야 할 사람이 있다면, 지금 만나러 가세요.

해야 할 이야기가 있다면, 지금 얘기해 주세요.

손을 잡아주고 싶은 사람이 있다면, 지금 잡아주세요.

늘 그랬지만 지금이 가장 좋을 때이며,

가장 완벽한 때입니다.

내일은 늦을 지도 모릅니다.

적당한 간격을 인정하는 이름, 대충

우리 모두는 어중간한 모습으로 살아갑니다.
내향적이면서 어떤 때는 외향적이며,
느긋하면서 어떤 때는 성급합니다.
비단 한 개인의 특성이 아닙니다.
지극히 정상적인 '인간다움'입니다.
너무 '극'적인 모습을 쫓지 않았으면 좋겠습니다.
'내향적이었면 좋겠다'
'외향적이었으면 좋겠다'
'느긋한 사람이었으면 좋겠다'
만약에 내향적인 사람들만 가득하다면,
혹은 반대로 외향적인 사람들만 가득하다면,
느긋한 사람들만 가득하다면,
어떤 일이 벌어질까요.
누구도 마음을 표현하지 않으니 많이 답답할 것입니다.
전부 드러내고 살다보니, 어느 것이 진짜인지 구분이 안 갑니다.
느긋해서 좋으나, 마무리되는 일은 하나도 없을 것입니다.
새로운 생각이 필요합니다.
'대충'과 같은.
대충 내향적인.
대충 외향적인.
대충 어중간한.
적당한 간격을 인정하는 이름, 대충.
대충 괜찮지 않나요?

잘도 살아갑니다

시계추가 움직입니다.
손가락 마디만큼.
왼쪽으로 한번, 오른쪽으로 한번.
시계추가 움직입니다.
손바닥만큼.
왼쪽으로 한번, 오른쪽으로 한번.
시계추가 움직입니다.
팔뚝만큼.
왼쪽으로 한번, 오른쪽으로 한번.
작으면 작은만큼.
크면 큰 만큼.
달아나지 않고
잘도 살아갑니다.
참, 대견합니다.

자신을 들여다보는 시간

사람을 판단하는 일은
마땅히 두려운 일이 되어야 합니다.
오늘의 그 사람이
내일 아침을 어떤 식으로 맞이할 지는
누구도 알 수 없습니다.
우리에게 필요한 것은
'누군가를 판단하는 시간'이 아니라
'스스로를 들여다보는 시간'입니다.
우리가 들여다봐야 하는 것은
'누군가의 마음'이 아니라 '내 마음'입니다.

소중한 것은

포장지는 선물의 완벽한 파트너일 뿐이지,
포장지가 선물을 대신해주지 않습니다.
화려한 옷이 사람을 대신해주지 않듯,
화려한 포장지가 선물을 대신해주지 않습니다.
보통,
소중한 것은 안에 있는 법입니다.
소중한 것은 보이지 않는 법입니다.

보리밭에 풍경달다

산 중턱에서 보리밭을 만났습니다.
손길이 어떻게 닿았는지,
황금빛 속삭임에 마음이 설레었습니다.
오는 사람이 드물어서일까요.
한달음에 달려와 안기는 모습은
영락없는 다섯 살 아이였습니다.
홀로 두고 오는 마음이 걱정스러워
풍경 하나 걸어두고 왔습니다.
바람이 불어옵니다.
'잘 지내고 있느냐'
소식 전해봐야겠습니다.

인연

안도현 시인이 묻습니다.
'너는 누구에게라도 그렇게 뜨거운 사람이 되어 본 적이 있느냐?'
함석헌 시인이 묻습니다.
'온 세상이 외면해도 살뜰하게 고개흔들 사람을 가졌느냐?'
정현종 시인이 묻습니다.
'사람이 온다는 건 실로 어마어마한 일이다'
여기 기웃, 저기 기웃.
요리조리 생각덩어리를 굴려봅니다.
어떻게라도 인연을 맺어볼 요량으로 말입니다.
그 모습이 영 맘에 들지 않았는지,
법정스님께서 말을 건네옵니다.
'함부로 인연을 만들지 마라'

병 주고, 약 주고.

조금 속상한 날이었습니다.
누구라도 붙잡고 하소연하고 싶었습니다.
그런데 말입니다.
하필이면 그날,
'당신 덕분입니다'라는 소리를
평소보다 두 배 더 들었습니다.
인생,
정말 알다가도 모르겠습니다.
병 주고, 약 주고.

무엇을 하며 보냈느냐

오늘이 모여 내일을 만듭니다.

일상이 모여 인생을 만듭니다.

내일도.

인생도.

결국은 오늘,

'무엇을 하며 보냈느냐'에 달려있습니다.

내일을 걱정하지 마세요.

인생을 걱정하지 마세요.

오늘이 곧 내일이며,

일상이 곧 인생입니다.

오늘 잘 보내는 일.

그것에만 온 마음을 쏟으세요.

인생은 의도하지 않은 것을 허락할 때,
훨씬 자유롭게 살아갈 수 있습니다.

말은 곧 당신입니다

말은 마음을 담은 소리입니다.
말은 마음이 빚어낸 풍경입니다.
말은 마음에 품고 있는 정신입니다.
당신의 말,
곧 '당신'입니다.

정답을 강요하지 않는 태도

인생에서 중요한 것은
문제에 대한 '정답'이 아니라,
정답만을 강요하지 않는 '태도'입니다.
어둠속에 있기 때문에,
별이 우리에게 발견되는 것입니다.
밝은 태양 아래에서 별은 곧, 어둠입니다.
정답을 원하는 세상이지만,
정답만을 강요하지 않아야 합니다.
별이 어둠일 수 있는 것처럼,
때로는 '정답'이 '오답'일 수 있고
'오답'이 '해답'이 될 수 있습니다.

저는 엄마입니다

새벽 어스름한 불빛 사이로
열심히 자판을 두드리고 있습니다.
아직은 일어날 때가 되지 않았는데,
둘째가 일어나 두리번거리더니
잠결에 무릎위로 올라앉습니다.
가슴에 고개를 파묻는 아이에게
"엄마가 재워줄까?"라고 묻습니다.
말없이 고개를 끄덕이는 아이를
안고 침대로 갑니다.
엄마 팔을 비비며 잠드는 아이.
세상에 의미를 더하는 일도 좋고,
쓰임이 되는 글을 쓰는 것도 좋지만,
저는 엄마입니다.
세상의 마음을 놓치지 않는 것도 중요하지만,
아이의 마음을 알아차리는 것이 더 소중한,
저는 엄마입니다.

처음인데, 이 정도 해냈으면.

처음으로 살아보는 13살,

처음으로 살아보는 22살,

처음으로 살아보는 34살,

처음으로 살아보는 43살,

처음으로 살아보는 51살,

처음으로 살아보는 67살,

처음으로 살아보는 70살.

모든 시절이 우리에겐 처음입니다.

처음 맞이하는 상황이고,

처음 만나는 마음이며,

처음 살아보는 인생입니다.

처음이라 그런지,

많은 것이 서툽니다.

그래도 제법 괜찮지 않나요?

처음인데, 이정도 해냈으면.

우리는 돈키호테

하나, 아무리 노력해도 안 되는 것은 보내줘야 합니다.

둘, 사람이 문제가 아니라 마음이 문제입니다.

셋, 자신만 세상에서 가장 무거운 짐을 가졌다고 생각하지 말아야 합니다.

예전에는 정말 쉽지 않았습니다.

그렇다고 지금 아주 쉽다는 얘기는 아닙니다.

아주 조금 나아진 정도라고나 할까.

아무리 노력해도 안 되는 일 앞에서,

'내 것이 아닌가 보구나'라고 겨우 받아들이게 되었습니다.

'내 마음도 어찌지 못할 때가 많은데,

그 사람도 그렇겠지'라고 배려하는 마음 겨우 생겼습니다.

그러면서 발견했습니다.

저 혼자 돈키호테인 줄 알았는데,

알고 보니 주위에 돈키호테 투성이었습니다.

창과 방패를 들고 맞짱뜨고 있는 이들,

그들에게 동지애를 느낍니다.

인생의 재료들

우연이었든,
필연이었든,
운명이었든,
혹은 장난이었든.
그 모든 것들이
내 인생의 재료라는 것을
살아갈수록 확신합니다.

자동합계가 끝나는 날

'시작하지 않으면, 시작되는 것은 없다'라는 말이 있습니다.

작게 시작했던 것들.

쪼개어 시도했던 것들.

'어떻게든 되겠지'라며 덤벼들었던 것들.

그 모든 시도가 '오늘의 당신'을 만들었습니다.

좋든, 싫든 지나온 시간들의 합계가 '오늘의 당신'입니다.

오늘을 살아야 합니다.

오늘을 살려야 합니다.

작게 시작하십시오.

쪼개어 시도하십시오.

'어떻게든 되겠지'라며 덤벼드십시오.

만리장성의 시작도 첫 번째 돌을 옮기는 것에 있었습니다.

무엇이든 처음은 사소해보이기 마련입니다.

누구나 처음은 시시하게 느껴집니다.

평가는 미루십시오.

자동합계가 끝나는 날, 자동정산됩니다.

그때 가서 평가해도 충분합니다.

먼저 채우세요.

자신의 배가 고프면
다른 사람의 배고픔이
눈에 띄지 않는 법입니다.

자신부터 먼저 채우세요.

PART **2**

배우는 속도는 모두 다릅니다

내 마음의 지도

누구나 처음에는 배워야 합니다.

처음부터 잘 할 수는 없습니다.

'내 안이 없는 것'을 채우기 위해서도 그렇지만,

'내 안에 있는 것'을 발견하기 위해서라도

배움은 필요합니다.

하지만 배움에는 끝이 없다고 했습니다.

그러니 어느 시점부터는 '없는 것'을 채우는 배움이 아니라,

'가진 것'을 발견하고 성장시키는 일에

배움이 쓰여야 합니다.

배움의 목적은,

'내 안에 있는 것'을 발견하고,

그것을 위한 지도를 만드는 것에 있습니다.

마음의 지도를 만드십시오.

마음이 비추는 길을 따라가십시오.

진짜를 배우십시오.

글에 대한 책임감

책읽기를 넘어 글쓰기가 대세입니다.

글쓰기를 강조하는 분야도 늘어났고,

글쓰기를 훈련하는 곳도 많아졌습니다.

말이 아니라, 글로 자신을 표현하는 글쓰기.

현대사회의 많은 부분을 차지합니다.

저는 글쓰기를 바탕으로 살아가는 사람입니다.

그럼에도 불구하고 글쓰기는 두렵습니다.

'글에 대한 책임감'은 두드리는 마음을 주저하게 합니다.

글쓰기.

글 이전에 '생각의 영역'이며 '태도의 영역'입니다.

글쓰기비법을 배우는 것도 좋지만,

자신의 생각과 태도를 들여다보는 일이 먼저입니다.

글쓰기는 대변인에 불과합니다.

글쓰기는 도구이지, 본질이 될 수 없습니다.

구르는 돌에 이끼가 생기지 않는 것처럼

꾸준한 배움으로
인생을 향해 문을 두드릴 때,
세상이 말하는 '기회'가 찾아오고,
사람들이 말하는 '행운'이 찾아옵니다.
호기심을 멈추지 말아야 합니다.
두드림을 멈추지 말아야 합니다.
배움을 멈추지 말아야 합니다.
움직임을 멈추지 말아야 합니다.
구르는 돌에는 이끼가 생기지 않습니다.
삶에도 이끼가 생기지 않도록 해야 합니다.
멈춤없이 흘러야 합니다.
머뭇거리지 말고 나아가야 합니다.

최고로 노력하는 사람

모든 삶에는 밝음과 어둠이 있습니다.

누구도 어떠한 삶에 대해

'가장 좋았다' 혹은,

'가장 나빴다'라는 평가를 내릴 수 없습니다.

신조차도 평가는 가장 마지막에 내린다고 하였습니다.

항해는 아직 끝나지 않았습니다.

상황은 바뀔 것이고, 마음도 변할 것입니다.

'평가'보다 '과정'에 집중하며 살아가십시오.

'지금하고 있는 것'에 온 마음을 쏟거나,

'더 나은 것을 찾고 싶은 마음'에 최고의 노력을 기울이십시오.

무엇을 하든,

어디에 있든,

최고로 노력하는 사람이 되십시오.

계속 갈망하라, 여전히 우직하게
(Stay Hungry! Stay Foolish!)

미래에 대해 이야기해 줄 수 있는 사람은 없습니다.

과거에 대한 영험함과는 달리

점술사들 또한, 미래에 대해서는 가능성만 언급할 뿐입니다.

스티브 잡스는 말했습니다.

'미래는 알 수 없지만,

그것은 분명 과거 그리고 현재와 연결되어져 있다.

미래는 하늘에서 그냥 뚝 떨어진 사과가 아니라,

사다리를 가져와 그 사다리를 타고 올라간 과거와

나무에서 사과를 꺽은 현재와 연결되어져 있다'

현재는 철저히 과거에 귀속되며,

미래는 현재를 담보로 합니다.

사다리를 가져오지 않는다면,

사다리를 가지고 올라가 사과를 꺾지 않는다면,

사과를 먹을 수 없을 것입니다.

스티브 잡스는 이런 말도 남겼습니다.

"다른 사람의 삶을 산다고 시간을 낭비하지 마라"

자신의 목소리보다

다른 사람의 조언을 더 신뢰하는 사람들이 있습니다.

다른 사람들의 조언 또한, 점술사가 말하는 가능성의 영역에 불과합니다.

조금 냉정하게 들리겠지만,

누구도 결코 대신 살아줄 수 없는 것이 '인생'입니다.

자신의 손과 발로 나아가야 하며,

선택의 책임 또한 오롯이 자신이 감당하며 살아가야 합니다.

일상적이며 작고 사소한 일부터 연습해야 합니다.

누군가의 조언보다, 점술가의 가능성보다

자신의 목소리를 찾는 일에 집중해야 합니다.

자신의 목소리를 듣는 일에 노력을 기울여야 합니다.

자신이 목소리를 내는 일에 마음을 다해야 합니다.

끈질기고 우직하게 갈망해야 합니다.

책을 한 권 읽었다고

책을 한 권 읽었다고,
부정적인 사람이 갑자기 긍정적으로 변하지는 않습니다.
책을 한 권 읽었다고,
마음을 괴롭히던 일이 갑자기 해결되지는 않습니다.
책을 한 권 읽었다고,
대출이자를 해결할 수 있는 방법이 나오지는 않습니다.
책을 한 권 읽었다고, 육아문제가 해결되지도 않습니다.
그럼에도 불구하고, 독서를 권합니다.
독서를 통해 저는 조금 덜 부정적인 사람이 되었고
스스로 마음을 괴롭히던 일도 줄일 수 있었습니다.
대출이자나 육아문제가 해결되지는 않았지만,
혼자 벼랑 끝에 서 있지 않다는 사실에 힘이 났습니다.
그런 이유로, 독서를 권합니다.
만약 당신이 독서를 시작하더라도
내일 당장 인생의 큰 변화가 생기지는 않을 것입니다.
하지만 언젠가는 당신도,
이렇게 말하는 날이 올 거라고 확신합니다.
'독서를 시작하고, 인생의 흐름이 바뀌었습니다'라고.
왜냐구요?
제가 그랬으니까요.

인식의 확장

고전이든, 자기계발서든, 에세이든, 육아서든,
책은 '사람'을 위해 쓰입니다.
더 자세하게 표현하면, '책 읽는 사람'을 위해 쓰입니다.
생각과 행동, 태도에 관한 의견을 제시하며,
동시에
인생이나 가치관에 대한 다양한 견해를 제공합니다.
미래에 대한 명확한 답을 제시하지는 않지만,
인생의 여러 방향을 보여주는 일을 합니다.
뿐만 아니라 자신을 되돌아보게 하고,
현재의 삶을 들여다보게 합니다.
이 모든 것들이 책을 읽는 과정에서 얻게 되는 선물입니다.
바로 '인식의 확장'입니다

씁니다

손끝에서 피어나는 마음이 길을 헤매다가
어느 모퉁이앞에 주저앉아버렸습니다.
다시 일어설 힘조차 없는지 그대로 울어버립니다.
어디선가 들려오는 낯익은 목소리가 반가워
스쳐간 모든 인연에게 이름표를 붙여봅니다.
얼마나 흘렀을까요.
옷가지를 챙겨 밖으로 나갑니다.
길가에 던져두었던 돌덩이를 한쪽으로 옮겨놓고,
종종걸음으로 돌아와 밤하늘을 쳐다봅니다.
별이 반짝입니다.
혼자 웃습니다.
괜히 기분 좋아집니다.
씁니다.

읽습니다

세종대왕님이 일어나 앉으셨습니다.
나랏말씀인지, 나의 말씀인지.
길이 보이지 않는다 하였더니,
하나씩, 하나씩 짚어주십니다.
어두운 밤에 초롱불을 따르듯,
뒤따르는 마음에 평화가 찾아옵니다.
해넘이 후의 어둠별처럼,
들여다보지 않았다면 몰랐을 세상입니다.
아침이 밝아옵니다.
눈이 밝아옵니다.

제발, 오늘을 살아라

오늘이 절대 할 수 없는 일이 있습니다.

내일이 되어야만 알 수 있는 일이 있습니다.

시험결과를 기다리는 것도 그렇고,

치과에 임플란트를 하러 가는 것도 그렇고,

괜찮은 남자를 소개받는 미팅도 그렇습니다.

내일이 되고,

그 순간을 맞이해야만 가능한 일입니다.

그런데 말입니다.

우리는 종종 그 내일을 '오늘'로 데려옵니다.

시험결과가 좋지 않을까봐, 하루종일 걱정합니다.

임플란트를 하는 동안 아프지 않을까, 하루종일 불안해합니다.

어디 그뿐입니까.

괜찮은 남자와의 주말계획을 몇 개나 만들어 놓았는지 모릅니다.

내일 만나서, 내일 맞이해서 진행해도 되는데,

굳이 오늘로 데리고 옵니다.

될 수 있는 한 많이, 많이..

그래서 오늘이 자꾸 큰소리를 내는 겁니다.

"제발, 오늘을 살아라"라고.

쓰고 지웁니다

'옳은 것'을 따질 수도 있지만,
'좋은 것'이 따뜻하다는 것을 알기에.
'나의 것'으로 살아야 하지만,
'나의 것'만으로 살아갈 수 없다는 것을 알기에.
'좋은 것'을 발견하기 위해
'나 이외의 것'을 들여다보기 위해
오늘도 쓰고 지웁니다.

마음 복잡한 날

대화를 하다가 다툴 때가 있습니다.
의도와는 상관없이 한 쪽 혹은,
양쪽 모두 마음 상한 채 끝날 때가 있습니다.
가끔이지만, 그럴 때는 참 속상합니다.
"틀렸다"라고 말한 것도 아닌데,
"내가 틀린 것은 아니지 않느냐?"라는 항의가 쏟아집니다.
정말이지, '옳은 것'과 '옳은 것'의 싸움입니다.
저도 비슷합니다.
'내가 좋은 길을 원했듯,
분명 그도 좋은 길을 원했을 텐데.
내가 옳은 삶을 원하듯,
분명 그도 옳은 삶을 원했을 텐데'
이런 마음으로 받아들일 수 있어야 하는데,
이게 좀처럼 쉽지 않습니다.
익숙한 것은 편하고, 옳게 느껴지고.
익숙하지 않은 것은 틀린 것 혹은,
불편한 것으로 다가오니 말입니다.
'옳은 것'과 '옳은 것'들 사이에서
길을 잃은 날이면, 참 마음 복잡해집니다.

가다보면 닿겠지

인생은 어떠한 식으로든 '선택'을 강요합니다.
'100 대 0'과 같은 상황이면 얼마나 좋을까요.
하지만 많은 경우가 그렇지 않습니다.
60 대 40, 또는 55대 45와 같은 약간의 차이로 마음을 졸여옵니다.
'선택할 수 있다는 것'이
'의무'가 아닌 '권리'임에도 불구하고,
선택에 대한 책임감은 부담스럽습니다.
예전에 술자리에서 이런 비슷한 이야기를 나누었습니다.
"어느 것이 가장 좋은 선택일까?"
마땅히 떠오르는 대답이 없어 빈 잔만 몇 번 들이켰던 기억이 납니다.
미래를 알 수 있다면,
어떤 상황이 벌어질 지 미리 알 수 있다면, 얼마나 좋을까.
하지만 불가능한 일이겠지요.
그날도 대충 그렇게 흘러갔던 것 같습니다.
이런저런 이야기를 사소하게 넘나들다가
가게를 빠져나와 천천히 걸음을 옮겼습니다.
몸속으로 파고드는 기운이 제법 쌀쌀했습니다.
"인생은 어찌할 수 없는 것도 있는 것 같아"
"그렇지"
"원하는 대로 되는 것도 있고, 안 되는 것도 있는 것 같아"
"그렇지"
"그래서 더 재밌는 것 같기도 해. 알 수 없다는 거잖아"
"맞아. 혹시 누가 알아. 네가 최고의 작가가 될지"
"그러게, 혹시 알아. 진짜 그렇게 될지?"
"일단 열심히 가보자"
"그래, 가보자. 가다보면 닿겠지"

제대로 된 질문

하루동안 준비하면 되는 일은, 하루만 준비하면 됩니다.

삼십분만 준비하면 되는 일은, 삼십분만 준비하면 됩니다.

예를 들어, 내일 아침식사 준비를

오늘 아침부터 걱정할 필요는 없습니다.

잠깐 마트에 장을 보러 나가면서

몇 시간씩 준비하고 나갈 필요는 없습니다.

그러나 일생을 두고 하는 일이라면,

삶 전체를 두고 실천하고 있는 일이라면,

얘기는 조금 달라집니다.

삼십분은 부족합니다.

하루로도 부족합니다.

일년으로도 부족할 수 있습니다.

축적하고 쌓아가야 하는 것이라면, 더욱 그렇습니다.

'기회는 누구에게나 오지만, 오래 머물지 않는다'라는 말이 있습니다.

'기회를 발견했느냐'도 중요하지만,

'어떻게 준비했느냐'가 제대로 된 질문입니다.

기록하는 것이 편합니다

다이어리에 메모하는 것을 좋아합니다.

날짜별로, 시간별로 세밀하게 기록하는 것을 좋아합니다.

그 이유는 단순합니다.

아이러니하게 들리겠지만, 첫 번째 이유는,

잊어버리기 위함입니다.

기록을 하고 필요한 경우 알람을 맞춰놓으면,

'다음'에게 마음을 뺏기지 않고

'지금'에게 충실할 수 있게 됩니다.

오롯이 '지금의 것'으로 순간을 채울 수 있게 됩니다.

두 번째 이유 역시 의문투성이겠지만,

결정하지 않기 위해서입니다.

이미 '어떻게 해야지'라고 결정을 한 일인데도

종종 생각이 꼬리에 꼬리를 물고 삼천포로 놀러갑니다.

하지만 기록을 하고나면 희안하게도

더 이상 여행길에 오르지 않습니다.

정해둔 시간동안 최선을 다해야겠다는 강렬함만이

'지금의 것'에 집중하게 합니다.

다른 사람은 잘 모르겠지만,

저는 기록을 하니, 이런 부분에서 편했습니다.

서로가 서로에게 감로수를 건네주는 시간

새벽마다 꽃이 핍니다.

예전에는 저녁형 인간이었는데,

어느 순간부터 자연스럽게 새벽형 인간이 되었습니다.

사실 저녁형 인간도 그리 나쁘지 않았습니다.

하지만 늦게 잠자리에 들다보니,

아침이 너무 바빴습니다.

몸이 피곤한 것은 둘째치더라도 아침을 준비하고,

시간에 맞춰 아이들을 학교 보내는 일이 쉽지 않았습니다.

그래서 궁여지책(窮餘之策)으로 찾아낸 시간이 바로, '새벽'입니다.

물론 처음에는 힘들었습니다.

전쟁터의 기상나팔같은 알람도 자장가로 들렸고,

'5분만'했던 시간은 사뿐하게 50분을 넘겼습니다.

그러기를 몇 달.

모든 일이 그렇듯이, 이제는 제법 적응이 되었습니다.

'그게 나이 들었다는 신호야'라는 우스갯소리를 듣기도 하지만,

새벽은 무엇과도 바꿀 수 없는 소중한 시간이 되었습니다.

말없이 뒤따르는 영혼을 만나는 시간,

서로가 서로를 위해 감로수를 건네주는 시간,

그 새벽이 저는 참 좋습니다.

아마 그럴 것입니다

"괜찮아. 누가 뭐래도 넌 최선을 다했어. 알아. 내가 알아"

누군가에게 따뜻한 마음으로 전할 수 있는 이 말이,

스스로에게는 참 쉽지 않았습니다.

'실패하기 위해 태어난 것 같다'라는 느낌 때문에,

'경험'을 굳이 '실패'라고 기록했습니다.

나는 왜 이 정도밖에 되지 않을까.

왜 나는 이것도 제대로 못하는 걸까.

감당할 수도 없는 질문을 던져놓고 스스로를 괴롭혔습니다.

그랬기에, 이제야 감히 말합니다.

'세상에 영원한 것은 없다'라는 말은 진짜라고.

영원할 줄 알았습니다.

끝없이 이어질 줄 알았습니다.

하지만 살아보니, 그게 전부가 아니었습니다.

태어나는 것이 있다면 사라지는 것이 있는 것처럼,

시작이 있다면 끝도 존재했습니다.

'허락되지 않던 것'들이 허락되는 날도 생겨났습니다.

약간 버거운 느낌,

전혀 괜찮지 않은 느낌,

영원히 실패자로 기록될 것 같은 느낌,

내 인생의 꽃은 한 번도 피지 않을 것 같은 느낌,

그 느낌들에게 지지 않았으면 좋겠습니다.

여전히 책 속에 길이 있다고 생각하시나요?

"여전히 책 속에 길이 있다고 생각하시나요?"
평소 '책속에 길이 있다'라는 말을 자주 했던 터라,
언젠가는 비슷한 질문을 받을 거라고 생각했었습니다.
"책을 읽으면 정말 답을 찾을 수 있나요?"
첫 질문으로 부족했는지,
곧바로 두 번째 질문이 날아왔습니다.
어떻게 대답하면 좋을까.
어떻게 표현하면 좋을까.
잠시 말문을 닫고 생각해 보았습니다.
그리고 나서 천천히 말을 이어갔습니다.
"책 속에 길이 있다고 생각합니다.
그러나 책이 정답을 말해준다고 생각하지는 않습니다.
예를 들어 책을 읽고 난 후
새로운 시도를 하게 된다거나,
생각지도 못했던 깨달음을 얻게 되었다면
책은 분명 안내자가 되어 주었습니다.
하지만 그것이 정답일지 아닐 지는
아무도 알지 못합니다.
신도 장담할 수 없는 영역입니다."

아들에게 배웠습니다

둘째가 초등학교에 입학하고 얼마되지 않았을 때였습니다.

제일 좋아하는 공룡을 큼지막하게 그려놓고는

아주 작은 동그라미로 그 안을 하나씩, 하나씩 채우고 있었습니다.

그 안을 공룡을 모두 채우는 데, 족히 2~3일이 걸렸습니다.

자신이 생각하는 공룡이 있다면서,

원하는 느낌의 공룡을 그려낼 수 있다면서,

확신에 찬 모습으로 아픈 손가락을 주무르며 채워 나갔습니다.

굳이 그렇게까지 할 필요가 있겠느냐.

그 방법이 아니고 다른 방법이 있지 않느냐.

차라리 원을 좀 더 크게 그리면 어떻겠느냐.

숱한 조언에도 불구하고,

아이는 아주 작은 동그라미로 기어이 그 안을 모두 채웠습니다.

그날, 여덟 살짜리 아이에게 배웠습니다.

'자신이 원하는 것을 안다'라는 것과

'그것을 위해 어떻게 해야 하는 지'에 대해.

자연에게서 배웁니다

자연은 언제나 한 걸음쯤 앞서갑니다.
낙엽 떨어지는 소리에 마음 뺏긴 우리와는 달리
거추장스럽다는 듯, 홀로 사는 즐거움을 선택합니다.
두터운 땅을 치고 올라오는 일도 마찬가지입니다.
'아직은 아니야'라고 아랫목으로 엉덩이를 밀어넣는데,
홀로 말없이 봄을 준비합니다.
거추장스럽지 않게 살아야 합니다.
홀로 사는 즐거움을 선택할 줄 알아야 합니다.
두려운 일앞에서 주저하지 않고 나아가야 합니다.
소리없이 몸을 움직이는 자연이,
때로는
'무엇으로 살아가는가'라는 질문보다
더 큰 스승으로 다가옵니다.

싸움을 걸어오는 날

'내 안에 있는 나'가 싸움을 걸어옵니다.

"너도 우아하게 살고 싶은 거잖아?"

"너도 편한게 좋은 거잖아?"

"너도 실은 그렇게 하고 싶은 거잖아"

승부가 날 법도 한데,

매번 이런 식의 양보없는 싸움은 계속됩니다.

"한번쯤은 그러고 싶잖아"

"편한 걸 싫어하는 건 죄가 아니잖아"

"가끔 다르게 살고 싶을 때도 있잖아"

"마음처럼 안 될수도 있는 거잖아"

승률을 따지면 대충 절반쯤 이기고, 절반쯤 졌습니다.

그리 좋은 승률은 아닙니다.

다만 제가 이들을 눈여겨보는 이유는

그 싸움들이 '지금의 나'를 만들었다는 사실입니다.

나아가게 만들었고,

때로는 멈추게 만들었던 생(生)의 동력이었습니다.

그렇기에 요즘처럼

'내 안에 있는 나'가 싸움을 걸어오는 날이면

반쯤 설레고,

반쯤 두렵습니다.

다음에 만날 책

'꿈만 꾸는 사람'이 되지 말고,
꿈을 향해 걸어가라고 합니다.
'사랑가'만 부르지 말고,
사람속으로 들어가라고 합니다.
지금껏 읽은 책들은 언제나 제게
'말'보다는 '행동'이라고 하였습니다.
'한 번'이 아니라 '될 때까지'라고 하였으며,
'혼자 사는 세상'이 아니라
'같이 사는 세상'이라고 하였습니다.
그 뿐만이 아닙니다.
'내일을 꿈꾸되, 철저하게 오늘을 살아야 한다'라는 글은
뼛속에 새겨졌을 지경입니다.
모르긴 몰라도 다음에 만날 책,
아마 비슷하지 싶습니다.

모두 당신 덕분입니다

우리 인생에도 나비효과는 존재합니다.

그냥.

마지막이라는 마음으로.

한번만 더.

결과를 예측할 수는 없지만

촘촘한 날개짓으로 채워온 삶입니다.

만약 지금 당신의 삶이

예전보다 조금 더 따뜻해졌다면,

만약 지금 당신의 마음이

예전보다 조금 더 풍요로워졌다면,

모든 것은 당신 덕분입니다.

그냥.

마지막이라는 마음으로.

한번만 더.

그렇게 몸을 움직인 당신.

모두 당신 덕분입니다.

잊지 마십시오.

당신.

아름다운 사람입니다.

살림보다 책이 좋습니다

'새로운 레시피'보다
'신간도서'가 먼저 눈에 들어옵니다.
'이름난 요리교실'보다
'독서모임'이 더 좋습니다.
'할인마트'보다
'중고서점'에 더 마음이 갑니다.
그래서 과감하게 포기했습니다.
주부 9단 되는 거.

'당신의 오늘'로 모두 사용하십시오

심장의 방망이질 소리가 들려오고,
바깥으로부터 밀려온 찬바람이 무의식을 흔들면
새로운 오늘이 시작됩니다.
무거운 눈꺼풀을 힘겹게 밀어올리고,
두 팔과 다리를 뻗어 온몸으로 '생(生)'을 맞이합니다.
새로운 오늘이 시작되었습니다.
어젯밤, 산소 호흡기에 의지했던 몸을 던져버리고
훌훌 떠나버린 이가 그토록 바라던 '내일'이
'오늘'이라는 이름으로 당신을 찾아왔습니다.
아쉬움이 남지 않도록 사용하십시오.
후회가 생기지 않도록 사용하십시오.
오늘 하루 온전하게 다 사용하십시오.
말(言)이든,
마음(心)이든.
'누구의 오늘'이 아닌,
'당신의 오늘'로 모두 사용하십시오.

참 멋진 당신

실수를 허락하는 사람이 되십시오.
실수를 실패라고 기록하지 마십시오.
삶의 파편들이 곳곳에 박혀있는
지금까지의 인생을 부정하지 마십시오.
누가 뭐라고 해도
그 시간들이 있었기에,
여기까지 올 수 있었습니다.
누가 뭐라고 해도,
그 순간들이 있었기에,
지금 이곳에 서 있을 수 있습니다.
믿으십시오.
여기까지 오는 동안,
제일 고생하고
제일 마음 많이 쓰고,
제일 많이 움직인 사람.
누가 뭐래도,
'당신'입니다.

어차피 해야 할 일이라면, 지금.
누군가 해야 할 일이라면, 내가.

PART 3

한번 해보기 전에는 모릅니다

마음은 천하무적

세상에서 가장 먼 거리가
'머리에서 발끝까지'라고 합니다.
머리에서 시작한 일이 발끝과 만나는 날도 있고,
요란한 시작과는 달리,
도중에 연기처럼 사라지는 날도 있습니다.
하지만 가장 당혹스러운 경우는
머리의 판단 이전에, 발이 먼저 움직이는 날입니다.
무엇 때문일까 잠시 고민해봤더니,
범인은 바로 '마음'이었습니다.
머리에서 발끝까지 가는 길 중간쯤에 위치한 '마음',
생각보다 만만치가 않습니다.
제아무리 똑똑한 계산을 해봐도
마음이 뒤틀린 날에는 그날로 끝입니다.
아무리 생각해도 답이 안 나오는데,
마음이 허락한 일은 천리마처럼 달리고 있습니다.
그리고 보면 마음,
참 힘이 센 녀석입니다.
거기에다가
'마음이 시키는 일을 해라'라고 얘기해 놓았더니,
완전 천하무적입니다.

그냥 하면 되는 일인데

'나중에 정리해야지'라고 미루었던 일,

드디어 마무리했습니다.

우편물, 크리스마스카드, 사진,

훗날을 위해 챙겨두었던 자료까지.

여기저기 쌓아둔 모습이 마치 제 마음같았습니다.

'바쁘다'라는 이유로 잠시 밀쳐두었는데,

그사이 익숙해져 버렸습니다.

일부러, 마음을 내어 봅니다.

휴지통으로 가야 할 것은 휴지통으로.

보관해야 하는 것은 보관파일 속으로.

지니고 다녀야 하는 것은 다이어리 속으로.

하나, 둘 자리를 찾아주었습니다.

너무 거창하게 생각했던 것일까요.

그냥 하면 되는 일인데,

왜 자꾸 미루게 되는지 모르겠습니다.

표현하며 살아가십시오

글쓰기는 여행과도 같습니다.
새롭고 낯선 곳이 아닌, '내 안으로 떠나는 여행'입니다.
그림이나 악기를 통해
내면에서 차 올라오는 것을 표현하는 사람처럼,
제겐 글쓰기가 그렇습니다.
더듬더듬, 느린 속도로 자판을 두드리며 티켓을 예매합니다.
물론 목적지는 수시로 바뀝니다.
때론 어제, 때론 10년전,
어떨 때는 오지도 않은 10년후로.
늘 만족스러운 여행이 되지는 않습니다.
흐지부지하게 끝나는 날도 있고
차라리 건드리지 않았으면 더 좋았을턴데, 하는 날도 있습니다.
그럼에도 불구하고
운명처럼, 습관처럼 여행길에 오릅니다.

국문학과를 전공하지도 않았고,

글쓰기에 대해 따로 배운 적이 없는 제가,

'작가'라는 이름으로 강연도 하고 글쓰기 수업도 진행합니다.

IT시대, DID시대(들이대는 시대)의 혜택을

제법 톡톡히 누리고 있습니다.

그러다보니 글쓰기와 관련된 질문을 자주 받습니다.

'글 잘 쓰는 비법이 무엇인가요?'처럼.

딱히 비법이라고 할 것도 아니지만,

그럴 때마다 언제나 이렇게 말합니다.

'많이 읽고 많이 쓰세요'

지극히 경험론적이며, 결과론적인 의견이지만

진심이 담긴 유일한 비법입니다.

그러면서 한 가지 더, 일기쓰기를 덧붙입니다.

언제부터 시작했는지,

어떤 일을 계기로 시작했는지 기억나지 않습니다.

다만 언제부터인가 제 삶의 일부가 되어있었습니다.

소리내어 한참 울고 난 날에도,

열등감 콤플렉스로 혼자 구덩이를 만든 날에도,

하늘이 원망스럽다며 악다구니를 퍼부은 날에도,

잘난 척하며 머리위에 왕관을 씌워준 날에도 곁에 있었습니다.

가끔 예전 일기장을 펼쳐보면

잠들어있던 흔적들이 도란도란 아는 척을 해옵니다.

지금은 어때?

잘 지내고 있니?

다행이야.

여기까지 와줘서 고마워.

일기, 무엇을 위해 시작한 것은 아니었습니다.

'글 잘 쓰는 비법'으로 생각한 적도 없습니다.

그냥 안으로부터 차오르는 것을 표현하고 싶었고,

시간이 흐를수록 하얀 백지 앞에서 담대해지는 느낌이 좋았습니다.

하나 둘 알 수 없는 감정들이 자리를 찾아가는 느낌도 좋았고,

살아갈 날들에 대한 고민을 털어놓는 느낌도 좋았습니다.

누구나 마음에서 차오르는 것을 감당하지 못할 때가 있습니다.

그때는 표현해야 합니다.

안으로부터 차오르는 것을 세상과 만나게 해야 합니다.

그것을 긍정적으로 풀면 '열정'이 되고,

풀지 못하고 쌓아두면 '홧병'이 된다고 생각합니다.

저는 제가 좋아하는 것이 글쓰기라서,

글쓰기나 일기쓰기를 말하지만

꼭 글쓰기가 아니어도 좋습니다.

그림을 그리는 것도 좋고, 운동도 좋습니다.

악기를 배우는 것도 좋고, 책읽기에 빠지는 것도 좋습니다.

어떤 식으로든 표현하면서 살아가십시오.

긍정적으로, 열정적으로 풀어내십시오.

무엇이 되었든 분명,

인생을 잘 살아가는 좋은 방법이 될 것입니다.

블로그, 저의 동지입니다

울산에서 태어나 삼십년동안 살았습니다.

그리고 결혼과 동시에 혼자 대구에 뚝 떨어졌습니다.

친구도 없고, 아는 사람도 없는 곳, 대구.

'울산까지 1시간 30분정도니까 언제든지 다녀오면 되겠지'라고 생각했는데,

생각만큼 쉬운 일이 아니었습니다.

2004년 5월쯤이었습니다. 블로그를 시작한 것이.

당시에는 책을 읽거나 블로그를 하는 것이 유일한 낙이었습니다.

자판을 두드리는 소리가 좋았고,

자판과 함께 드러나는 삶의 기록들이 좋았습니다.

알아주는 사람 하나 없었지만, 혼자 즐거워하고 행복해 했습니다.

그러다가 2006년 중반,

큰 아이가 아파 병원을 찾아다니기 시작하면서

블로그는 저절로 멀어졌습니다.

'삶의 기록'도 좋지만, 그러기엔 '삶의 현장'이 너무 치열했습니다.

낮은 너무 바빴고, 밤은 너무 슬펐습니다.

그래도 모든 일에 끝이 있는 것처럼, 제 마음에도 평화가 찾아왔습니다.

2014년.

세 번째 책을 출간하면서 새로운 마음으로 블로그를 다시 시작했습니다.

하루에 한 개씩 포스팅해야지.

이제부터 다시 시작해야지.

그렇게 시작한 블로그가 지금까지 이어져오고 있습니다.

아주 오랫동안 만나온 사람처럼, 인연을 이어가고 있습니다.

블로그.

저에게 블로그는 외로운 시절을 함께 견뎌준 친구이며,

설레는 마음으로 함께 살아가는 동지입니다.

괜한 욕심

차일피일 미루기만 했습니다.

그러다 몸을 움직였습니다.

좀 더 정확하게 표현하면, 옷정리를 시작했습니다.

야무진 주부로 보이고 싶었던 걸까요.

용돈이라도 벌어볼 요량으로 헌옷을 모아 두었는데,

그곳에 다른 짐들이 모이기 시작하면서 일이 커졌습니다.

헌옷뿐만 아니라, 갈 곳을 잃은 애매한 살림까지 모두 모인 것입니다.

그래서 더 미루었던 것 같습니다.

언제 시간내서 해야지.

좀 덜 바빠지면 해야지.

날씨 좋아지면 해야지.

하지만 미루는 일에도 한계가 있는 것 같습니다.

어느 지경에 이르니, 저절로 이런 마음이 생겨났습니다.

'안되겠다. 정리하자. 비우자'

'재활용으로 내면 필요한 사람이라도 잘 쓸턴데, 괜한 욕심부렸어'

대단한 결심을 한 사람처럼, 하나 둘 짐을 옮겼습니다.

큰 박스 몇 개와 작은 바구니 몇 개.

두어번 왔다갔다 하니, 정리가 끝났습니다.

조금전까지만 해도 헌옷이 가득하던 곳을 천천히 둘러보는데,

이런 생각이 떠올랐습니다.

'그냥 이렇게 하면 되는데.

좋은 날 잡고, 좋은 시간 잡지 말고 그냥 하면 되는데'

'잘하려는 마음'이 발목잡는다는 사실을 다시 한 번 깨달았습니다.

인생을 살다보면

누구나 마음 속 등불이 꺼질 때가 있습니다.
어떤 사건에 의해서든,
사건을 해석하는 자신에 의해서든,
방향을 잃어버리거나,
의지를 놓아버릴 때가 있습니다.
물론 시간이 조금 지나고 나면
근육이 되살아나는 것처럼,
대부분의 경우 제자리를 찾아갑니다.
문제는, 제자리를 찾아가지 않는 경우입니다.
이 방법, 저 방법을 동원해보지만
아무 소용없는 날이 있습니다.
그런 날에는, 새로운 시도가 필요합니다.
조금 낯설고, 어색한 시도가 필요합니다.
내 안의 불씨를 피워줄 사람을 만난다거나,
새로운 자극속으로 스스로를 밀어넣어야 합니다.
호랑이를 잡기 위해 호랑이굴로 가는 것처럼 말입니다.
내 마음의 등불을 켜고 싶다면,
등불이 켜질 수 있는 상황을 만들어야 합니다.

'완벽한 선택'이 아니라, '완벽한 노력'입니다

인생은 우리에게 선택을 요구합니다.
선택하지 않은 길에 대한 아쉬움과
선택한 길에 대한 두려움을 동시에 던져줍니다.
어떻게 보면 '완벽한 선택'이란 존재할 수 없는데도,
우리는 완벽한 선택을 갈망합니다.
실패할 가능성을 완전히 배제한,
모든 변수를 통제한 완벽한 선택을 원합니다.
하지만 그게 가능할까요.
지금까지 살아온 시간을 뒤돌아봐도 그렇고,
지금까지 만나온 수많은 사람을 봐도 그렇고,
모든 상황을 통제하기란 결코 쉽지 않습니다.
실패 가능성을 완전히 배제한 선택,
신에게도 어려운 일입니다.
그러니 '완벽한 선택'에
너무 매달리지 않았으면 좋겠습니다.
차라리 '완전한 노력'에
마음을 쏟았으면 좋겠습니다.
선택한 그 길을 향해
더할래야 더할 수 없는 노력,
상황을 발전시키기 위한 의식적인 노력에 더 마음을 쏟았으면 좋겠습니다.
놓치지 마십시오.
'어떤 선택'이 '결과'를 만들어내는 것이 아닙니다.
결과가 될 만한 노력이나 과정,
그것들이 결과를 만들어내는 것입니다.
'선택'은 방문을 연 것에 불과합니다.

1시간이 아니라, 10분만

10분 동안 할 수 있는 일,
생각보다 많습니다.
10분만 책읽기.
10분만 독서하기.
10분만 낮잠자기.
10분만 운동하기.
10분만 일기쓰기.
10분만 그림그리기.
10분만 음악듣기.
10분만 피아노치기.
10분만 걷기.
10분만 요가하기.
10분만 스트레칭하기.
10분만 영어공부하기.
그리고 10분만 아무것도 안하기.
10분동안 할 수 있는 일,
생각보다 많습니다.
'적어도 1시간은 해야 한다'
이 생각 때문에 시작조차 못하는 것인지도 모릅니다.
1시간말고, 10분만 하기.
오늘부터 어때요?

저라도 열렬히 격려해주고 싶습니다

한 해가 저물어가는 요즘 자주 떠오릅니다.

'나에게 고맙다'

그 누구도 아닌, 제가 고맙습니다.

만남을 주저하지 않은 제가 고맙습니다.

숱한 만남 덕분에, 마흔둘이 제법 풍성합니다.

배움을 주저하지 않은 제가 고맙습니다.

많은 배움 덕분에, 마흔둘이 제법 낭만적입니다.

소통을 주저하지 않은 제가 고맙습니다.

넉넉한 소통 덕분에, 마흔둘이 제법 근사합니다.

마흔둘.

앞으로 어떤 만남이 생겨날지.

어떤 배움을 감당해야 할지.

어떻게 소통을 이어가야할지 장담할 수 없습니다.

다만 지금까지 그랬던 것처럼

앞으로도 잘해나갈 수 있을 거라고,

저라도 열렬히 격려해주고 싶습니다.

요즘 많이 노력합니다

사람들은 새로운 것을 좋아합니다.

저도 별로 다르지 않습니다.

새로운 것에 대한 호기심, 누구못지 않게 강합니다.

새로운 사람.

새로운 장소.

새로운 일.

새로운 책.

특별한 이유는 없었습니다.

새롭다는 것, 그것이 이유입니다.

사정이 그러하다보니,

'하지 않을 이유'를 찾는 일에도 능숙했습니다.

그러다 '하지 않을 이유'를 찾는 순간,

타당성을 확보한 것처럼 당당하게 멈췄습니다.

돌이켜 생각해보면,

묵직한 걸음으로 계속 나아갔어야 했는데 말입니다.

그래서 요즘 많이 노력합니다.

'새롭다'라는 이유로

'하지 않을 이유'를 찾지 않기 위해.

'지루한 반복'이라는 이유로

멈추지 않기 위해.

번데기의 꿈

'지금 무엇을 하고 있는 거지?'
'이곳에서의 시간이 정말 내게 필요한 것일까?'
'이곳을 떠난 후, 나는 무엇을 하고 있을까?'
번데기는 오늘도 꿈을 꿉니다.
무엇을 할 수 있는 지,
무엇을 원하는지,
번데기는 오늘도 꿈을 꿉니다.
저속으로 활공하는
조나단 리빙스턴을 만나는 꿈을.

인생의 의미

인생의 의미는 누가 대신 만들어줄 수 없습니다.
인생을 아름답게 만드는 것은 '자기 자신'입니다.
인생은 보다 본질적이며,
근원적인 해석을 요구합니다.
그런 까닭에 '대리출석'을 용납하지 않습니다.
누구도 당신의 인생을 정의내려 줄 수 없습니다.
누구도 당신의 인생을 대신 맡아줄 수 없습니다.
인생의 의미,
당신이 직접 찾아야 합니다.

'점'을 만들어가는 사람

스티브 잡스는 말했습니다.

"지금까지 제가 만든 수많은 '점'과 '점'이 만나 '선'을 만들었고,

그것이 지금의 저를 만들었습니다"

성공한 사람들, 그들에게는 공통점이 있습니다.

'점을 만들어내는 일'에 주저함이 없다는 사실.

그들에게 가장 중요한 것은

누군가의 해석이나 평가가 아니었습니다.

'별다른 차이가 없어 보인다'

'미련하게 왜 그 길을 고집하느냐'

'이 방법이 훨씬 더 좋아보인다'

수많은 조언보다 자신의 목소리를 더 신뢰합니다.

'정말 내가 원하는 것인가?'

'나는 무엇을 남기고 싶은가?'

자신의 목소리에 귀 기울이는 사람이 되십시오.

'점을 사랑하는 사람'이 되십시오.

아니,

'점을 만들어가는 사람'이 되십시오.

단 한번뿐인 인생이기에

관계를 시작하는 일에도
용기가 필요하겠지만,
관계를 끝내는 일에도
용기가 필요합니다.
마음을 붙잡는 일에도
용기가 필요하겠지만,
마음을 내려놓는 일에도
용기가 필요합니다.
'익숙하던 것'을
'익숙하지 않게 만드는 것'은
결코 쉽지 않은 일입니다.
그러나 필요하다면
선택해야 합니다.
그 무엇도 아닌,
'단 한번뿐인 인생'을 걸고 하는 일이라면.

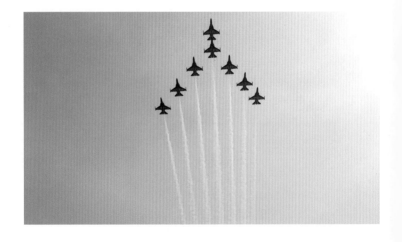

인생을 모두 아는 것처럼

아이들을 보며 문득 이런 생각을 했습니다.
'나도 저런 시절이 있었는데.
저 때가 가장 좋을 때지'
하지만 곧 다른 생각이 떠올랐습니다.
시간이 조금 더 흐르고 난 후,
오늘을 떠올리며
비슷한 이야기를 하고 있지 않을까.
'나도 저런 시절이 있었는데.
저 때가 가장 좋을 때지'라고 말입니다.
어쩌면, 어쩌면 말입니다.
우리는 착각하면서 살아가는 건지도 모릅니다.
'이미 모든 것을 알고 있다'라는 착각.

생각의 생사(生死)

생각의 생사(生死)는
'생각하는 순간'이 아니라,
'행동하는 순간'에 결정됩니다.
생각의 생사(生死)는
머리끝에 달려있는 것이 아니라,
손끝이나 발끝에 달려있습니다.

누가 뭐래도 직진입니다

자동차는 사람들의 직진본능을 위해 탄생한 도구입니다.

후진을 하거나,

좌회전, 우회전도 하기도 하지만

태생적인 욕구는 '직진'입니다.

사람이 도구에게 밀려나서야 되겠습니까?

누가 뭐라고 해도, 일단 직진입니다.

계속 나아가야 합니다.

불안함으로 시작하지 마세요

불안함을 견디지 못해
새로운 시작을 한 사람은,
같은 이유로 멈추기 마련입니다.
불안해서 시작한 일은,
불안하면 멈출 수밖에 없습니다.
불안함으로 시작하지 마십시오.
시작은
'불안함'이 아니라,
'두근거림'이어야 합니다.

착각에 빠져 살아갑니다

아무렇지도 않은 척.
두렵지 않은 척.
자신있는 척.
늘 성공하는 것은 아니지만,
'척'이 생각보다 도움이 많이 됩니다.
그러다보면, 가끔 착각에 빠지는 날로 생깁니다.
나도 용기있는 사람이 아닐까.
나도 잘 해낼 수 있지 않을까.

주객전도(主客顚倒)

책장 정리를 하다 보니, 재작년 12월호 여성잡지가 눈에 띄었습니다.

재작년 연말쯤에 구입했습니다.

언제부터인지 기억나지는 않지만,

매년 11월이 되면 별책부록으로 가계부와 토정비결을 주는 잡지를 구매합니다.

삼십년 넘도록 가계부를 써 오던 친정엄마가

달력이 한 장밖에 남지 않았을 때,

가계부가 딸린 잡지가 필요하다는 얘기를 했습니다.

그렇게 시작한 일인데, 십년을 훌쩍 넘겼습니다.

그 사이 달라진 것이 있다면,

'가계부에 토정비결이 딸려있었으면 좋겠다'라는 추가 주문 정도입니다.

토정비결에 의지하며 살아가는 분도 아니신데,

한 해를 시작하면서 토정비결로 상상하는 즐거움이 괜찮은 모양이었습니다.

거기에 요즘은 친정아버지까지 거들면서 재미가 솔솔하다고 들었습니다.

그런데 몇 년전부터 여성잡지를 구매하는 일이 조금 어려워졌습니다.

이유는, 가계부와 토정비결을 동시에 주는 여성잡지가 줄었기 때문입니다.

사정이 이렇다보니 잡지의 내용이나 구성은 두 번째 문제입니다.

오로지 '별책부록'을 기준으로 잡지를 찾게 됩니다.

토정비결이 있느냐, 없느냐.

가계부를 주느냐, 주지 않으냐.

주객전도(主客顚倒)라는 말이 있는데, 딱 그 상황입니다.

잡지입장에서 보면, 참 억울해할 일입니다.

하지만 어쩌겠습니까.

필요한 것이 가계부와 토정비결이니.

홀로 있는 즐거움

'자신을 둘러싸고 있는 것'들이 아니라,
'내 안에 있는 것'들과 대화하는 시간이 필요합니다.
다른 사람에게 말을 건네는 시간이 아니라,
자신에게 말을 건네는 시간이 필요합니다.
세계나 사람을 소중하게 바라보는 마음.
홀로 있는 즐거움을 아는 사람의 특권입니다.
세상과의 간격을 조율하는 사람이 되십시오.
홀로 있는 즐거움을 선택하는 사람이 되십시오.

살자 한번 살아본 것처럼 아모르파티

한번 가 보았던 길을 다시 갈 때
두려움은 절반으로 줄어듭니다.
한번 먹어봤던 음식을 다시 먹을 때
두려움은 절반으로 줄어듭니다.
한번 혼자 여행 떠나봤던 사람은
다음 여행도 혼자 떠날 수 있습니다.
무엇이든 한번 해보았던 일을 다시 할 때,
마음은 가볍고 걸음에는 힘이 실립니다.
인생 또한, 마찬가지라고 생각합니다.
우리 모두는 지금껏
한 번도 살아보지 못한 길을 걸어가고 있습니다.
그러니 두려운 것이 정상입니다.
걱정이 앞서는 것도 사실입니다.
하지만 만약에 처음이 아니라, 두 번째라고 하면 어떨까요?
마음은 훨씬 가벼워질 것이고,
발걸음에는 힘이 실릴 것입니다.
우리 오늘부터라도,
한번 살아봤던 사람처럼 살아보면 어떨까요?
한번 경험했던 사람처럼 행동해보면 어떨까요?
아모르파티.
니체의 철학적 해석을 떠나,
'세상을 만나는 태도'에서 말입니다.

지금까지 해오던 것을 멈추는 것

어색한 만남을 받아들이는 용기.
익숙한 것을 거부할 수 있는 용기.
자신의 신념을 지키기 위한 용기.
인생을 살아가는 동안,
우리에겐 수많은 용기가 필요합니다.
용기내어 살아가야 합니다.
용기, 실은 그리 거창한 것이 아닙니다.
용기는 두려움을 없애는 것이 아닙니다.
두렵지만 한번 시도해보는 것.
그것이 '용기'입니다.
하지 않았던 것을 한번 시작해보는 것.
지금까지 해오던 것을 멈추는 것.
모두 '용기'입니다.
어제까지 담배를 피웠지만,
오늘부터 담배를 끊는 것.
어제까지 약속장소에 매번 늦었지만,
오늘부터 제 시간에 도착하는 것.
어제까지 일기를 쓰지 않았지만,
오늘부터 용기를 쓰는 것.
모두 '용기'입니다.
용기.
너무 거창하게 생각하지 마십시오.
'자신을 편하게 했던 것'을 들여다보는 것.
'자신이 불편하게 했던 것'을 들여다보는 것.
그것이 '용기'입니다.

작은 시도, 작은 경험

작은 경험이 큰 경험을 허락합니다.
작은 시도가 큰 시도를 허락합니다.
작게 경험하십시오.
작게 시도하십시오.
작음을 걱정하지 말고,
멈춤을 걱정하십시오.

정상회담

노력이 적을 때 결과가 작은 것.
노력이 많을 때 결과가 큰 것.
그게 정상입니다.
노력이 적을 때 결과가 큰 것.
노력이 많을 때 결과가 작은 것.
그건 비정상입니다.
잠시 부러울 수도 있습니다.
괜히 속상할 수도 있습니다.
그래도 우리 정상회담합시다.
비정상회담하지 말고.

점 하나를 빼니 '남'이 '님'이 됩니다.

점 하나를 붙이니 '빗'이 '빛'이 됩니다.

점 하나를 옮기니 '나'가 '너'가 됩니다.

점 하나로 사람을 바꾸고,

점 하나로 세상을 바꾸고,

점 하나로 태도를 바꿉니다.

세종대왕님, 실로 대단한 분입니다.

문제를 풀다가 막히면

수학문제를 풀다가 막히면 수학선생님께 물었습니다.

"선생님, 이거 어떻게 푸는 문제예요?"

"이 문제, 무슨 뜻인가요?"

"이렇게 풀면 틀린 건가요?"

과학문제는 과학 선생님께,

사회문제는 사회 선생님께 물었습니다.

우리는 모르는 것을 배우기 위해,

"질문"이라는 방법을 배웠습니다.

인생의 문제도 다르지 않다고 생각합니다.

다만 대상이 달라질 뿐입니다.

수학문제를 수학 선생님께 물었던 것처럼.

과학문제를 과학 선생님께 물었던 것처럼.

자신에 대한 문제, 자신에게 질문해야 합니다.

"원하는 것이 무엇이니?"

"최선의 방법이 무엇이라고 생각하니?"

"지금 행복하니?"

당신을 존경합니다

반복되는 일상들과
수시로 변화하는 마음들.
마치 모든 것들이 '안 해도 돼!' 라고 말하는 순간에도
몸과 마음을 이끌며 살아가는 당신을 존경합니다.
가만히 자리에 앉아 있을 수 없는,
감당할 수 없는 이유를 모두 물리치고,
깊어진 생각으로 세상속에 앉아 있는 당신을 존경합니다.
'질문을 던지는 것'만큼
'살아보는 것도 중요하다'라고 말하는 당신.
'인생을 모두 살아본 뒤에
두 갈래 길에 대해 얘기해 주겠다'라고 말하는 당신.
당신을 존경합니다.

습관이 문제라고 말하지만

'습관처럼 행동한다'라는 말이 있습니다.
습관처럼 행동한다.
하지만 조금만 더 냉정하게 들여다보면
'습관처럼 행동한다'가 아니라
'편한대로 행동한다'가 더 정확합니다.
습관은 익숙함을 기반으로 하며,
익숙함은 결정할 필요가 없는 마음상태입니다.
즉, '마음가는대로 행동한다'가 되는 셈입니다.
그렇기 때문에,
'습관'이 문제라고 말하지만
실은 '마음'이 문제일 수 있습니다.

자기계발 이전에

자신을 알아야 합니다.
자신을 안다는 것은,
'자신을 이끌어간다'라는 의미이며,
동시에 '어디에서 쉬어야 할지도 안다'는 의미입니다.
언제 몸을 뉘어야 하고,
어디까지는 멈추지 않아야 하고,
어디에서는 물을 마셔줘야 하는지 안다는 의미입니다.
땅을 개발하여 건물을 올리는 일에도
바다에서 원전을 찾아내는 일에도
사전조사는 필수입니다.
자기계발 이전에, 자신을 먼저 알아야 합니다.
건물을 올리고 싶은지.
수목원을 만들고 싶은지.
나무로 살아가고 싶은지.
'방법'이전에,
'방향'이 먼저입니다.

작게, 더 작게

습관에 한해서는 '크게, 더 크게'가 아니라
'작게, 더 작게'를 추천드리고 싶습니다.
한 달만.
일주일만.
3일만.
1시간만.
10분만.
'그 정도로 되겠어?'가 적당합니다.
부담이 없어야 쉽게 시작할 수 있습니다.
'그 정도로 되겠어?'로 충분합니다.
멈추지 않고 나아갈수만 있다면 말입니다.
'거창해야 한다' 혹은,
'특별해야 한다'라는 생각을 떨쳐버리십시오.
'작게, 더 작게' 시작하십시오.
한달만.
일주일만.
30분만.
10분만.
'작은 고추가 맵다'라는 속담,
습관을 만드는 일에도 유용합니다.

걸어서 동네 한 바퀴

저는 걷기를 좋아합니다.
왼발에 힘을 실을 때 올라오는 생각도 좋고,
오른발로 잔잔하게 퍼져나가는 느낌도 좋습니다.
함께 걷는 즐거움도 좋고,
홀로 걷는 고요함도 좋습니다.
'나의 것'이 돌아오는 소리가 좋고,
'내 것이 아닌 것'이 빠져나가는 소리도 좋습니다.
채워지고 비워지는 느낌에
생각까지 맑아지는 기분입니다.
걸어서 동네 한바퀴.
세상을 만나고 돌아오는 느낌입니다.

시간이 없어서

사람들은 가끔 말합니다.
"시간이 없어서"라고.
하지만 그럴때마다
가끔 궁금합니다.
시간이 없는 것인지,
아니면,
마음이 없는 것인지.

시간을 '자신의 편'으로 만드는 방법

'힘든데, 그만해도 되지 않을까'

혹은 '이 정도면 충분하지 않을까'라는 조언에도,

한걸음 더 내딛는 사람들이 있습니다.

'지금까지 해오던 것'을 계속 이어나갑니다.

그릿grit.

'근성'이라고 하기도 하고,

'열정'이라고 하기도 하고,

'끈기'라고도 합니다.

반복되는 지루함을 견디는 것.

'해 오던 것'을 계속 해 나가는 것.

'이쯤이면 됐어'라는 속삭임을 물리치는 것.

모두 '그릿grit'이라고 합니다.

한 번만 더.

한 걸음만 더.

그릿grit.

시간을 '자신의 편'으로 만드는 최고의 방법입니다.

글을 쓴다는 것은

저에게 글을 쓴다는 것은
이른 아침에 일어나 물 한 컵을 마시는 것처럼
자연스럽고 익숙한 일상입니다.
저에게 글을 쓴다는 것은
더운 여름날, 아이스커피를 찾는 것처럼
감각적이며, 무의식적인 영역입니다.
저에게 글을 쓴다는 것은
칼바람에 옷깃을 여미는 것처럼
오랜 시간을 함께한 동지애입니다.
저에게 글을 쓴다는 것은
백지와 활자가 만나는 '사투'가 아니라,
중력의 힘을 살짝 비켜선 '활공'입니다.

생각정리가 먼저입니다

"어떻게 하면 글을 잘 쓸 수 있나요?"

이렇게 물어올 때면,

글쓰기 비법은 떠오르지 않고

약간 엉뚱한 대답이 먼저 나옵니다.

"글쓰기 이전에, 생각 정리가 먼저입니다"

회사에 기획서나 보고서를 제출하든,

토론이나 논술시험을 치르는 것이든,

SNS에 글을 올리는 것이든,

글쓰기는 '생각정리'가 먼저입니다.

나의 생각은 어떠한지.

어떻게 해석하고 있는지.

중요하게 여기는 것은 무엇인지.

그것을 발견하는 것이 먼저입니다.

글쓰기는

자신과 세상을 이어주는 도구중의 하나입니다.

견우와 직녀를 만나게 하는 오작교인 셈입니다.

만나서 무슨 이야기를 나눌 것인지,

함께 무엇을 할 것인지는

견우와 직녀가 생각해야지,

까치나 까마귀가 생각할 일이 아닙니다.

그녀는 고수입니다

이른 새벽에 일어나
1시간 독서를 한 후에,
바쁘게 일터를 향하는 그녀입니다.
하루종일 매장에서 서서 일하는 그녀.
그런 그녀에게
주변 사람들이 물었습니다.
"왜 그렇게 힘들게 살아가니?"
골똘히 생각하던 그녀가 말합니다.
"나는 힘들지 않습니다.
오히려 책을 읽지 않는 것이 더 힘이 듭니다"
그녀는 고수입니다.

아름다운 사람

'미안합니다'
'감사합니다'
'사랑합니다'
먼저 말하는 사람이 되십시오.
오늘이 가기 전에.
내일이 오기 전에.
전해야 할 말을
먼저 말할 줄 아는,
아름다운 길을 가십시오.

가장 큰 위로

누구나
풀이 죽은 얼굴에 지친 표정을 한,
자신의 그림자를 만나야 하는 날이 있습니다.
그런 날에는,
아무 말없이 그냥 세게 한번 안아주십시오.
굳이 무엇을 하지 않아도 됩니다.
가끔은 침묵이 가장 큰 위로가 될 수 있습니다.

살다보면 때때로
'다르다'라는 사실에서
위로받을 때가 있습니다.

PART 4

자세히 들여다보지 않으면 놓치기 쉽습니다

마음과 마음사이

마음과 마음 사이에는 길이 없습니다.

입구도, 출구도 보이지 않습니다.

'어디서부터 어디까지'라는 표지판도

'여기까지'라는 안내판도 없습니다.

망망대해에서의 바람 한 점 없는 고요함입니다.

그래서 방법이 없습니다.

발길이 닿는 곳마다 내려

만나볼 수 밖에 없습니다.

그래서일까요.

가끔은 혼자 엉뚱한 생각을 해봅니다.

이정표가 하나쯤 있었으면 좋겠다.

예를 들어,

'여기까지입니다'

혹은 '더 가도 됩니다'

혹은 '여기는 피하세요'와 같은.

그러면 훨씬 덜 두려울 것 같습니다.

가장 먼저 살펴봐야 하는 것

내 마음이 행복해야
다른 사람의 행복에도
마음이 가는 법입니다.
내 마음이 불행하면
다른 사람의 불행에
마음이 가지 않습니다.
마음이 움직여야
몸이 움직이는 법입니다.
다른 사람을 행복하게 해주는 것도 좋지만,
내 마음이 먼저입니다.
다른 사람을 불행하지 않게 하는 것도 좋지만,
내 마음이 먼저입니다.
다른 사람을 기쁘게 하려고 애쓰지 마십시오.
다른 사람의 행복을 위해 살아가지도 마십시오.
모든 시작에서
가장 먼저 살펴봐야 하는 것은,
언제나 '내 마음'입니다.

그냥

그냥 좋은 사람이 있습니다.

그냥 싫은 사람도 있습니다.

그냥 무서운 사람도 있습니다.

그냥 힘든 사람도 있습니다.

그냥 편한 사람도 있습니다.

그냥.

적당한 표현을 찾기 어려울 때,

감초처럼 등장해 제 역할을 톡톡히 해냅니다.

그냥.

참 매력적인 단어입니다.

그냥 생각나서.

그냥 목소리 듣고 싶어서.

그냥 네게 주고 싶어서.

그냥 좋아할 것 같아서.

마음이 다녀간 흔적이 느껴집니다.

하늘냄새가 납니다.

내 자신이 부끄러워질때

내가 가진 것보다 더 많은 것을 갖고 있는 사람 앞에 섰을 때는
나는 기가 죽지 않는다.
내가 기가 죽을 때는,
내 자신이 가난함을 느낄 때는,
나보다 훨씬 적게 갖고 있으면서도 그 단순과 간소함 속에서
여전히 당당함을 잃지 않은 그런 사람을 만났을 때이다.

좋아하는 법정스님의 '내 자신이 부끄러워질 때'입니다.
법정스님.
제게 있어 법정스님은 '비움과 뺄셈의 철학'을 실천한 철학자입니다.
평범한 것을 특별하게 들여다보게 한 예술가입니다.
존재하는 모든 것들과 함께 살아가는 방법을 고민하게 한 스승입니다.
문득, 문득 바람처럼 그 분이 생각납니다.
특히 강연을 끝냈을 때는 더욱 그렇습니다.
원고를 탈고해 또 하나의 책을 세상에 내보일 때도 다르지 않습니다.
법정스님이 허리를 곧추세우며 묻는 느낌입니다.
몸소 실천할 수 있는 말을 했느냐?
들여다보는 태도는 조금 나아졌느냐?
함께 잘 살아가고 있느냐?
부끄럽게 살고 있지는 않느냐?

서로가 서로에게 바라는 것이 없을 때

서로가 서로에게 바라는 것이 없을 때,
진솔하고 편안한 관계가 유지됩니다.
바라는 것이 없기에 두려울 것이 없고,
두려울 것이 없기에 불편하지 않습니다.
불편하지 않아야 다음을 기약할 수 있습니다.
만약
'관계'에 대해 어려움을 겪고 있다면,
한번 생각해보았으면 좋겠습니다.
혹시, 바라고 있는 것은 없는지.
혹시, 말하지 못한 것이 있지는 않은지.
혹시, 불편한 마음으로 억지로 이어가고 있지는 않은지.

엄마가 되고 나니

"엄마"라고 부르면 모든 것이 해결되었던 시절이
가끔 생각납니다.
"엄마"라고 부르면 모든 것이 해결되었던 시절이
가끔 그리워집니다.
엄마, 생각보다 훨씬 강한 이름입니다.
엄마, 생각보다 훨씬 예쁜 이름입니다.
엄마가 되고 나니, '엄마'가 보입니다.

실로 감사하고 고마운 일

때로는 그 자리에 있는 것이 감사할 때가 있습니다.

올해 칠순이 된 아버지가 그렇습니다.

예전에는 손가락 하나로 지구를 돌리는 분이셨는데,

지구에서 가장 어려운 분이셨는데,

이제는 손자 입에 고기 한 점 더 넣어주려는 짝사랑에

홀로 애가 타는 할아버지가 되셨습니다.

'자식들이 나처럼 살지 않았으면 좋겠다'

'자식들이 나처럼 고생하지 않았으면 좋겠다'

이 마음 하나로, 예순 아홉 번의 겨울을 혹독하게 치렀습니다.

둘째아이의 돌잔치 날이었습니다.

벌써 십년도 더 된 일입니다.

아버지는 덕담카드에 이렇게 적어주셨습니다.

"세상에 꼭 필요한 사람이 되어라"

아버지의 바람처럼 세상에 필요한 사람이 되기 위해

애쓰며 살아가고 있습니다.

그런데 가끔은 그 길을 잃어버릴 때가 있습니다.

삶의 가치를 발견할 수 없을 때,

쓰임을 발견할 수 없을 때, 더욱 그랬던 것 같습니다.

나는 정말 가치있는 사람인가?

나는 꼭 필요한 사람인가?

그렇게 질문은 늘어나고,

고민은 깊어가던 어느 날이었습니다.

봄빛이 재잘거리며 거실로 밀려오던 날이었습니다.

질문 하나가 그림자처럼 길게 드러누웠습니다.

그리고 물어왔습니다.

'쓰임'이 존재를 넘어설 수 있을까?

'쓰임'은 존재 이후의 문제가 아닐까?

'쓰임' 이전에 그 자리에 있다는 것,

그것이 더 소중하지 않을까?

알 수 없는 따뜻함이 온 몸으로 번져나갔습니다.

손끝으로, 발끝으로.

그래, 이것이구나.

'생(生)의 존귀함'을 확인하는 순간이었습니다.

살아있다는 것,

참으로 감사한 일입니다.

그 자리에 있다는 것, 실로 고마운 일입니다.

그런 의미에서

아버지가 지금 곁에 계시다는 것,

실로 감사하고 고마운 일입니다.

연중무휴

부모님의 걱정은 연중무휴입니다.

'새로운 일 시작한다'라는 말에도 걱정.

'하던 일을 그만둔다'라는 말에도 걱정.

'어디 여행을 다녀오겠다'라는 말에도 걱정.

'누구를 만나겠다'라는 말에도 걱정.

어느 하나에도 마음을 놓지 않습니다.

안타까운 마음에

'너무 걱정하지 않아도 된다'라고 말을 건네면,

'철없는 소리한다'라며 걱정을 하나 더 보탭니다.

예전 같았으면 종종걸음에 애가 탔을 텐데

이제는 저도 나이를 먹었는지,

구석구석 많이 느슨해졌습니다.

걱정주머니에 대해서는 특히 그렇습니다.

아마 이 생각을 하면서부터 더욱 그런 것 같습니다.

'부모님에게 있어 걱정은 삶의 아픔일 수도 있겠지만,

동시에 삶의 동력일 수 있다'

배려라는 이름이었겠지만

위로라고 한 말이겠지만, 위로로 들리지 않았습니다.

걱정하지 말라고 한 이야기겠지만,

돌덩이를 하나 더 얹어주는 느낌이었습니다.

차라리 한 번 안아주는 게 더 나았습니다.

차라리 같이 울어주는 게 더 나았습니다.

살아가는 동안 많은 것들이 세월 속에 묻히지만,

이승을 떠나지 못한 영혼처럼,

기억속을 배회하는 순간들이 있습니다.

그러니 위로해주고 싶을 때

그냥 한번 안아주세요.

같이 울어주는 것도 괜찮습니다.

무심하게 뱉은 말이겠지만,

혹은 '배려'라는 이름이었겠지만,

위로는 커녕 상처로 남을 수 있습니다.

함부로 걷지 말자.

아침부터 계속해서 비가 내리고 있었습니다.
빗줄기는 줄어들 기미가 보이지 않습니다.
하지만 미룰 수 있는 일이 아니기에
간단하게 준비를 끝내고 아파트를 빠져나왔습니다.
번잡한 도심을 벗어나
조금 한적한 곳에서 신호를 기다리고 있을 때였습니다.
새로운 건물을 많이 짓다보니 덤프트럭이나 레미콘을 자주 보는데,
그 날도 비슷했습니다.
제 앞으로 길게 늘어선 몇 대의 차량들.
곧이어 좌회전 신호에 불이 들어왔고,
앞에 있던 덤프트럭을 따라 천천히 움직였습니다.
그런데 잠시 후 덤프트럭이 조금 흔들리며 멈칫거리는가 싶더니,
뒤뚱거리며 사방으로 흙탕물을 튀겼습니다.
도로 한 가운데에 웅덩이가 있는데, 미처 그곳을 못 본 모양이었습니다.
그러나 덩치 큰 녀석에게는 별로 문제될 것이 없는지,
가볍게 몸을 한번 털고는 그곳을 빠져나갔습니다.
모든 과정을 지켜본 터라,
일부러 조금 크게 원을 그리며 좌회전을 이어나갔습니다.
'혹시나'하는 마음에 뒤돌아보았더니, 역시 생각대로였습니다.
뒤를 따르는 차들 모두 큰 원을 그리며 사거리를 빠져나오고 있었습니다.
'참 다행이다' 싶었습니다.
안도감으로 고개를 돌리는데, 문득 이 말이 떠올랐습니다.
"눈 덮인 들판을 걸어 갈 때는 이리저리 함부로 걷지 마라.
내가 오늘 남긴 발자국은 반드시 뒷사람의 이정표가 되리니"
눈덮인 들판도 아니었고,
뒷사람의 이정표를 만들기 위함도 아니었지만,
'함부로 살지 않았다'라는 느낌에 혼자 괜히 기분좋았습니다.

한번 생각해봐

"알아서 해"
자신이 원하는 방향으로,
자신이 원하는 방식대로 '자유롭게 해라'라는 의미였는데,
언제부터인가 이런 말이 들려왔습니다.
"늘 던지기만 하는 것 같아"
그 말이 '서운함'으로 다가갈지는 몰랐습니다.
오히려 '자유로움'으로 해석할 줄 알았습니다.
선택이란 '자신이 가장 원하는 것'임을 알기에,
'도움이 되면 취하고,
아니면 버려도 된다'라는 식으로 편하게 얘기했었는데,
공기를 타고 상대방에게 전해진 느낌은
'혼자서 해라' 혹은, '나와 상관없다'였던 모양입니다.
그래서 그날부터 노력해보고 있습니다.
"알아서 해"대신 "한번 생각해봐"라고.
오래된 습관이라 되는 날도 있고, 안 되는 날도 있지만
노력해보고 있습니다.

속이 제일 타는 사람

문제가 생겼을 때,
사람들의 반응은 제각각입니다.
"왜 이렇게 된거야?"
"누가 이렇게 한 거야?"
"어떻게 된 일이야?"
문제를 해결하는 과정 또한 다양합니다.
"어디서부터 잘못된거야?"
"왜 일을 이지경으로 만든거야?"
"이제 어떻게 해야 되는 거야?"
비슷한 문제라도 해결하는 방식은 모두 다릅니다.
원인에 집중하는 경우가 있고,
해결과정에 집중하는 경우가 있고,
책임을 밝히는 데 집중하는 경우가 있습니다.
이미 알고 있겠지만,
일어난 문제는 바꿀 수 없습니다.
물론 해결과정에서 책임이 필요하다면,
누군가는 책임을 져야 할 것입니다.
그러나 문제를 해결하기 위한 첫 질문이
"누가 이렇게 한 거야?"는 아니었으면 좋겠습니다.
처음부터 문제를 만들겠다고 작심한 사람은 없을 테니까요.
모르긴 몰라도 속이 제일 타는 사람,
아마 '그 사람'일 것입니다.

엉뚱한 상상

둘째를 유치원에 데려다주면서 걸어갈 때였습니다.
겨우 일곱 살.
죽음이 무엇인지도 모르는 아이였습니다.
그 아이가 무척 걱정스러운 얼굴로 제게 물어왔습니다.
"엄마. 사람은 무거운데 죽으면 어떻게 하늘로 올라가?"
"사람은 죽으면 그 속에 영혼이 있는데,
그 영혼은 공기처럼 가벼워서 하늘로 올라갈 수 있어"
한동안 아이는 말이 없었습니다.
그러다가 고개를 들더니 제게 말했습니다.
"엄마. 엄마는 내 손 잡고 꼭 같이 올라가야돼"
"그래, 우리 근두운 불러서 같이 손잡고 올라가자"
그 얘기를 듣고 나더니, 아이의 얼굴이 환해졌습니다.
그 모습에 보며
잠시 엉뚱한 상상을 해보았습니다.
원하는 날,
원하는 사람과 함께 떠날 수 있는 권리가 있다면
어떻게 될까.

어느 슬픈 오후

대구로 올라오는 길이었습니다.
하루 만에 일을 마무리하기 위해,
이른 아침부터 부산스럽게 움직여서일까요.
버스에 몸을 싣자마자, 잠이 쏟아졌습니다.
결국 눈꺼풀의 무게를 이기지 못한 채, 잠이 들었습니다.
얼마쯤 시간이 지났을까.
갑작스러운 클랙슨 소리에 놀라 잠에서 깨어났습니다.
그리고는 다시 잠들지 못했습니다.
안대를 쓴 아저씨는 여전히 깊은 잠에 빠져 있었고,
연인과 연락하는지,
문자보내기에 정신없어 보이는 남학생도 보였습니다.
대략 10명정도. 절반은 깨어있고, 또 절반은 잠들어 있었습니다.
잠시 여기저기 둘러보던 시선이 기사아저씨에게서 멈췄습니다.
선글라스 낀 채, 앞쪽을 보며 클랙슨을 울리고 있는 기사아저씨.
그 순간, 다시 잠들지 못하는 이유가 생각났습니다.
세월호의 영향이 큰 것 같습니다.
너무 큰 상처였기에, 쉽게 아물지 않는 것 같습니다.
기사아저씨에게 몸을 맡긴 채 잠들어 있는 사람들.
기사아저씨는 우리의 생명에 대해 책임감을 가지고 있을까.
자신의 일에 대해 굵직한 사명감을 지니고 있을까.
갑자기 궁금했습니다.
그러면서 마음은 한층 무거워졌습니다.
살아갈 날들에 대해 '믿음'이 커져야 하는데,
자꾸 '의심'만 늘어나는 것 같아서.

왜 그렇게 혼자 앞서 가십니까?

결혼을 앞두고 친정엄마와 함께 문장대에 갔던 날입니다.
엄마, 이모들과 함께 한 나들이였는데,
세 명이서 두런두런 얘기나누는 모습에
조금 앞서 혼자 걸어가고 있었습니다.
얼마만큼 갔을까.
쓰륵 쓰륵.
갑작스러운 소리에 놀라 뒤를 돌아봤습니다.
엄마와 이모들이 다가온 줄 알았는데,
뒤에는 짙은 눈썹에 회색승복을 걸친 스님이 서 계셨습니다.
큰 덩치에 굳게 다문 입술때문이었을까요.
사천왕 중의 한 분 같았습니다.
저는 자연스럽게 옆으로 조금 물러났고,
스님은 천천히 제 앞을 가로질러 나아갔습니다.
그렇게 한,두 걸음 나아가던 스님.
갑자기 걸음을 멈추더니, 뒤를 돌아보며 제게 물었습니다.
"왜 그렇게 혼자 앞서 가십니까?"
순간, 누가 머리를 한 대 쥐어박는 느낌이었습니다.
이유가 없었던 것도 아니었는데,
그날 저는 아무 말도 못했습니다.
제 스스로도 뭔가 부족하다는 느낌이 들었던 모양입니다.
그 날 이후로, 스님의 질문은 화두가 되어 저를 따라다닙니다.
"왜 그렇게 혼자 앞서 가십니까?"
문득, 문득 뒤돌아보게 됩니다.
스님의 발소리가 들려오는 것 같아서.

'괜찮아'라고 말하는 사람에게

'괜찮아'라고 말하는데
'괜찮지 않아'라고 들려옵니다.
'괜찮아'고 말하는데
'괜찮지 않아'라고 느껴집니다.
'괜찮지 않아'라고 말해주면
그냥 한번 안아줄턴데.
그게 아니라니,
이러지도 저러지도 못하고
발만 동동 굴립니다.
참 못났습니다.
당신이나 나나.

옆사람도 아니고 옆차

마트 주차장에서의 일입니다.

그날따라 차량이 많아 주차할 곳이 마땅치 않았습니다.

같은 곳을 몇 번 돌다가 때마침 차가 하나 빠져나가길래, 얼른 달려갔습니다.

후진주차가 편해 그날도 천천히 차를 뒤로 밀어넣었습니다.

특히 그날은 오른쪽으로 공간이 좁아 몇 번 움직였던 기억이 납니다.

주차를 끝내고 차에서 내리려는데, 인기척이 들려왔습니다.

사실 그때까지만해도 옆차에 사람이 타고 있는지 몰랐습니다.

50대 중반쯤 되어 보이던 아저씨가 차에서 내려 이리저리 살펴보시더니,

이내 곧 다시 올라탔습니다.

앞으로 한번 나왔다가 다시 주차하는 모습, 아무래도 신경이 쓰였습니다.

그 분이 차에서 내리는 타이밍에 맞춰 차에서 내렸습니다.

그리고는 혹시나 하는 마음으로 물어보았습니다.

"혹시, 제 차가 부딪쳤나요?"

지금 타고 다니는 차에는 근접센스가 있어 경보음이 울리지만,

그때는 그런 게 없었던 터라 괜히 불안했습니다.

'주차하면서 살짝 부딪쳤나?'

하지만 제 걱정은 기우였습니다.

당황한 얼굴로 저를 한번 보시더니,

아저씨는 환하게 웃으면서 이렇게 말씀해주셨습니다.

"아닙니다. 절대 그런 것 아닙니다.

제가 주차를 하면서 가운데에 제대로 하지 못해,

옆차가 주차할 때 불편하지 않을까 걱정하고 있었습니다.

마침 주차를 끝내셨길래, 한번 더 확인해보려고 내렸던 겁니다"

벌써 몇 년이 지난, 오래된 기억입니다.

아저씨의 머리가 대머리였었는지,

뿔테안경을 쓰고 있었는지는 기억나지 않습니다.

하지만 아저씨의 그 말은 지금도 생생하게 떠오릅니다.

"옆차가 불편하지 않을까 걱정하고 있었습니다"

옆 사람도 아니고, 옆 차라니.

신선한 충격이었습니다.

그리고 부러웠습니다.

그 여유와 배려가.

유심히 들여다보면
사람이 보입니다.

여행은 '덜어내기'입니다

여행은 '덜어내기'입니다.
살금살금 들어와
어느 순간부터 주인행세를 하고 있는 것들.
통제력 밖으로 조금 밀쳐놓은 것들.
드문드문 감정을 건드린 단상의 잔재들.
그들과의 '한판승부'입니다.
특별한 전술은 없습니다.
정확한 결투방법도 없습니다.
장소를 정하고,
만남을 주선할 뿐입니다.
결과는 예측할 수 없습니다.
어떤 것이 남을 지.
어떤 것이 버려질 지 알 수 없습니다.
다만 결투가 끝났을 때,
남은 것을 안아주고,
떠나는 것을 보내줄 뿐입니다.
털어낸 곳에 새살이 돋아나는 것처럼,
여행은 제게 '선물'입니다.

아직 멀었습니다

'그럴 수도 있는데'를
'어떻게 그럴 수가 있어?'라고 적어놓고
혼자 씩씩대는 날, 여전히 많습니다.
아직, 멀었나 봅니다.

약속이란

컵 하나에
두 마음을 담아놓고
다시 만나는 날까지
서로를 기다리는 것입니다.

어쩔 수 없는 울보

괜히 울컥하는 날이 있습니다.
'원래 그런 것이야'라는 위로가
소용없는 날이 있습니다.
수다를 떨어도 안 되고,
책을 펼쳐도 안 되고,
자판을 두드려도 안 되는 날이 있습니다.
그런 날에는 방법이 없습니다.
그냥 우는 게 최고입니다.
'울보'라고 어릴 때부터 소문이 나서,
자라는 동안 많이 노력했습니다.
그렇지만 암만해도 안 되는 날에는
그냥 울어버립니다.
그러면 희안하게도 속이 편해집니다.
인정하기 싫지만,
진짜 '울보'인가 봅니다.

생각보다 쉽지 않은 것

가슴은 뜨겁고
머리는 차가운 사람이 되고 싶었습니다.
그런데 매번
가슴은 차갑고
머리는 뜨거운 사람이 되어버립니다.
마음먹은 대로 살아간다는 것.
생각보다 쉽지 않습니다.

아주 가끔이라도

아주 가끔이라도
그리워지는 얼굴이었으면 좋겠습니다.
아주 가끔이라도
생각나는 이름이었으면 좋겠습니다.
신호등을 기다리다가,
커피숍에서 주문을 기다리다가
말없이 곁을 내주는 사람이었으면 좋겠습니다.
일상이 잠시 마음을 비우는 곳,
그 곳에 함께 서 있는 사람이었으면 좋겠습니다.
아주 가끔이라도.

기록의 힘으로 살아갑니다

여행을 다녀오거나

특별한 행사를 치루고 나면 사진책을 만들었습니다.

지금까지 만든 책이 대략 서른권쯤 됩니다.

아이들 돌잔치를 끝냈을 때.

처음 제주도를 다녀왔을 때.

처음 아이들과 서울여행을 다녀왔을 때.

처음 부모님과 캠핑을 갔을 때.

칠순잔치를 끝냈을 때.

처음 공룡박물관에 다녀왔을 때.

지인의 돌잔치에 다녀오면

아이들은 돌잔치책을 찾아봅니다.

경복궁 이야기가 나오면

서울여행책을 찾아봅니다.

모든 것을 완벽하게 기억하며 살아가는 것은,

웬만한 기억력이 아니고는 어렵습니다.

그래서 시작했던 일입니다.

'기록의 힘으로 기억하며 살아가야지'

잊혀지는 것이 두려워 시작한 사진책인데,

지금은 무엇과도 바꿀 수 없는 보물이 되었습니다.

오늘도 저는 '기록의 힘'으로 살아갑니다.

결이 고운 사람

말(言)만 하는 사람보다
말없이 움직이는 사람에게 믿음이 갑니다.
말(言)로 해결하는 사람보다
마음을 보여주는 사람에게 진심이 느껴집니다.
말없이 스쳐가는 바람에게도 결이 있듯,
사람에게도 결이 있습니다.
말(言)에도 결이 있고,
마음에도 결이 있습니다.
결이 고운 사람이 그리운 계절입니다.

고마운 이름들

"밥 한번 같이 먹자"

"같이 커피 한잔 마시자"

실은 어쩌면

이렇게 말하고 싶은 건지도 모릅니다.

"네가 있어 좋아"

"함께 얘기나누고 싶어"

밥이든, 커피든.

마음을 대신해주는 고마운 이름들입니다.

많이, 많이 불러야겠습니다.

좋은 사람들과의 술 한 잔

오랜만에 만난 얼굴들이었습니다.
일상으로의 복귀가 어려웠다는 이야기.
일상이 죽을만큼 힘들다는 이야기.
묵묵히 걸어가고 있다는 이야기.
그럼에도 불구하고 도망치고 싶다는 이야기까지.
저녁밥상에 술안주가 가득했습니다.
힘든 순간은 누구에게나 찾아오는 것 같습니다.
해 오던 것을 계속 해나가는 사람도 있었고
잠시 쉬고 있다는 사람도 있었고
용기내어 새롭게 시작한다는 사람도 있었습니다.
술 한잔을 건네며 서로의 마음을 격려해주고
쉬고 있는 마음을 따뜻하게 안아줍니다.
각자의 마음에 등불을 밝히는 시간.
서로가 서로에게 힘이 되는 시간입니다.
그렇습니다.
좋은 사람들과의 술 한잔은
맛있는 밥을 한 공기 먹는 것처럼,
든든하고 따뜻합니다.

말이 말씀이 되는 순간.

말은 '잘 하는 것'이 아니라,
'잘 전달되는 것'에 목적이 있습니다.
혼자 말을 잘하는 것이 아니라,
메시지가 잘 전달되는 것이 중요합니다.
'소리'가 아니라 '의미'에 집중해야 합니다.
큰 목소리가 필요한 것이 아니라,
큰 뜻이 필요합니다.
말이 의미를 지닐 때,
'말'은 '말씀'이 됩니다.

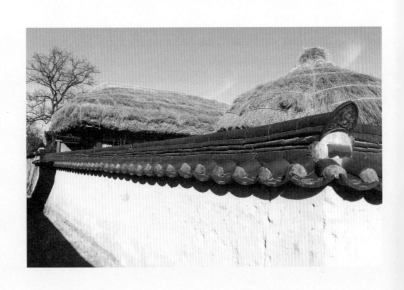

모녀의 은밀한 통화

경상도 특유의 높은 톤으로 주고받는 엄마와의 통화는
은밀하면서도 씩씩합니다.
별다른 내용이 없는데도 매번 그렇습니다.
다정다감한 목소리로 가끔 마무리되기도 하지만,
그렇지 않은 날이 상당합니다.
예를 들면, 대충 이런 식입니다.
"됐다. 끊어라"
"할 얘기 다 했다"
"내가 너보다 더 많이 살았다"
"그래도 엄마보다 내가 더 책 많이 읽었잖아"
"젊은 사람들 말도 들으면서 살아야 돼"
'전쟁과 평화'를 연상하는 통화에
남편은 도통 이해할 수 없다는 표정입니다.
며칠 후에 똑같은 상황이 다시 연출되니,
그리 무리도 아닙니다.
그렇지만 이런 애매한 메시지에도 불구하고
모녀의 통화는 '사랑'입니다.
살아온 세월의 끈끈함을 알 수 없는 이들에게는
수수께끼처럼 들리겠지만요.

삶의 언어가 다르다는 것

따스한 눈매, 환한 미소.

말 한마디에 날개를 활짝 펼쳐 보여주는 새가 있었습니다.

그 새에게 연인이 생겼습니다.

하지만 연인은 모릅니다.

새에게 약점이 있다는 것을.

아프다고 말해주지 않으면, 아픈지 모릅니다.

배고프다고 말해주지 않으면, 배고픈지 모릅니다.

새에게 연인이 물었습니다.

"너는 왜 말하지 않으면 모르니?"

새는 자신의 날개를 활짝 펼쳐보이며 말합니다.

"내가 가진 모든 것을 보여주었잖아"

삶의 언어가 다른 그들입니다.

그들에겐 사랑 또한, 다른 언어가 필요하겠지요.

공감

당신이 되어봅니다.
스물 몇이면, 이십대의 나를.
삼십 몇이면, 삼십대의 나를.
오늘을 뛰어넘는 시간에 대해서는
부족하지만 상상력을 동원해봅니다.
그렇게 먼저,
당신이 되어 봅니다.
'나라도 그랬겠다'
'그럴 수 있겠다'
'힘들겠다'
공감.
당신을 나에게 맞춰보는 것이 아니라,
나를 당신에게 맞춰보는 것.
그것이 아닐까 싶습니다.

이왕 만나야 한다면

이왕 만나야 한다면,

가슴을 데우는 사람을 만나세요.

당신 안의 무엇인가를 데울 수 있는 사람을.

이왕 만나야 한다면,

말보다 발을 움직이는 사람을 만나세요.

당신의 발가락을 하나라도 움직이게 만드는 사람을.

이왕 만나야 한다면,

'오늘'을 얘기하는 사람을 만나세요.

당신의 어제나 내일이 아닌, '오늘'에 집중하는 사람을.

그리고 이왕이면 당신도 노력해 보세요.

누군가의 가슴을 데울 수 있는,

발가락 하나라도 움직이게 만드는,

어제나 내일이 아니라,

오늘에 집중하게 만드는 그런 사람이 되어보세요.

너무 걱정말아요.

당신을 만나러 오는 사람.
그 사람의 가슴을 두근거리게 한다면,
당신은 정말 잘 살고 있는 거예요.
당신을 만나러 오는 사람.
그 사람의 마음이 새처럼 가볍다면,
당신은 정말 잘 살고 있는 거예요.
사람들은 모두
누군가에게 무엇이 되기를 희망해요.
그런데 당신은 이미 '무엇'이 되었잖아요.
알고 있나요?
생각보다 당신,
훨씬 잘 살고 있어요.
그러니, 너무 걱정말아요.

사람과 사람사이에는

'도움을 준다'는 것은
'자신이 주고 싶은 것'을 건네는 것이 아니라,
'그 사람이 필요로 하는 것'을 전해주는 것입니다.
배고픈 사람에게는
불타는 의욕으로 '학문'을 설명할 것이 아니라,
안타까운 마음으로
손에 들고 있던 '빵'을 건네줄 수 있어야 합니다.
좋은 말도 좋고, 가르침도 좋습니다.
하지만 그전에 무엇이 먼저인지 살펴봐야 합니다.
도움을 줄 때는,
만족감보다는 세심함이 먼저입니다.

스토리텔링

사랑은 '스토리텔링'이 아니라 '스토리'입니다.
사랑은 삶으로 증명해야 합니다.
인생은 '스토리텔링'이 아니라 '스토리'입니다.
인생 또한, 삶으로 증명해야 합니다.
'텔링'이 아니라 '스토리'에 집중해야 합니다.
사랑도, 인생도
'재방송'이 아니라, '생방송'입니다.

혼자 너무 애타하지 마세요

커다란 참나무의 시작도 작은 씨앗이었습니다.

꽃비를 뿌려대는 저 왕벚꽃나무 또한 그러했습니다.

누가 그 곳에 뿌려놓았는지,

언제부터 꿈틀대기 시작했는지 알 수 없습니다.

그렇지만 씨앗은 떨어졌고, 뿌리가 자리를 잡았고,

기둥을 벗삼아 가지를 뻗어올렸습니다.

'관계'라는 것도 비슷합니다.

언제부터 시작이라고, 딱히 정하기 어렵습니다.

무엇이, 어떻게 오고 가야 하는지

명확하게 정의내릴수도 없습니다.

살아있는 생명체처럼 길을 만들어갈 뿐입니다.

그러니 너무 애타하지 않았으면 좋겠습니다.

'관계'에도 자연의 법칙은 유효합니다.

뿌리가 자리잡을 시간이 필요하고,

가지를 뻗어올릴 마음도 필요합니다.

빨리 이어지지 않는다고,

너무 재촉하지 마십시오.

삼나무도 서로의 그늘에서는 자라지 못한다고 했습니다.

긴 호흡으로 멀리 바라보십시오.

마음이 오가는 길목

세상은 상상력으로 움직이지만,
마음은 상상력으로 움직이지 않습니다.
마음이 오가는 길목에서
상상력은 금물입니다.

두 종류의 모습

대화를 나누다 보면,
두 종류의 모습을 발견합니다.
들어주는 사람
혹은 들여다보는 사람.
말을 전하는 사람
혹은 마음을 전하는 사람.

만약에

늦은 오후의 일입니다.

곁에서 함께 걷고 있던 아이가 말했습니다.

만약에 발해가 통일했더라면.

만약에 신라가 통일하지 않았더라면.

만약에 일본한테 나라를 뺏기지 않았더라면.

만약에.

만약에.

아이의 '만약에 시리즈'는 계속되었습니다.

만약에 6.25가 일어나지 않았더라면.

만약에 미국이랑 소련이 우리나라에 들어오지 않았더라면.

만약에 시리즈를 이어가던 아이가 조용해졌습니다.

무슨 일인가 싶어 고개를 돌려봤더니,

갑자기 이렇게 말했습니다.

"안되겠어. 일단은 그대로 가야겠어"

"만약에 그랬더라면 내가 없을 수도 있잖아"

"내가 못 태어났을 수도 있잖아"

"아냐. 안되겠어. 이대로 가야겠어"

아이가 언제 인연법을 배웠는지 모르겠습니다.

빛이 되는 마음

오히려 말을 하고나서 자유로워질 때가 있습니다.
제때에 정확하게 말을 전하면
자신도 살고 상대방도 살릴 수 있습니다.
관계에서는
'말하지 않아야 하는 것'도 있지만
'말로 전해야 하는 것'이 있습니다.
'빚지는 느낌'일 때는 더욱 그렇습니다.
'전하지 않을 말'이라면,
이미 마음에서도 허락하지 않았을 것입니다.
하지만
마음이 허락하는 일 앞에서는 계산하지 마십시오.
마음이 시키는 대로 하십시오.
'빚'이 아니라 '빛'이 되는 마음을 선택하십시오.

역지사지(易地思之)

소통은 교육이 아닙니다.

소통은 어떠한 성과를 위한 도구일 때도 있지만,

그 자체가 목적일 때가 많습니다.

소통은 어떠한 변화를 위한 도구일 수도 있지만,

그 자체가 목표일 수도 있습니다.

자신의 마음을 전하고,

상대가 전하는 마음을 듣는 것이 전부일 수도 있습니다.

소통은 서로의 간격을 조율하는 과정이지,

상대를 조정하는 것이 목표가 아닙니다.

역지사지(易地思之)라고 했습니다.

가보지 않은 길에 대해서는

누구도 쉽게 단정하듯 말할 수 없습니다.

한 걸음 물러나

상대방이 들어오는 소리를 들어야 합니다.

말이 전하는 진짜 마음을 발견해야 합니다.

소통, 역지사지(易地思之).

기다림이 필요합니다.

한글을 사용합시다

차라리 '고맙다'라고 말하면 될텐데

어색한 표정으로 피식 웃고 맙니다.

그냥 '미안해'라고 말하면 될텐데

잔뜩 목청에 힘을 주고 인상을 찌푸립니다.

그냥 말로 전하면 될텐데

알 수 없는 표정과 몸짓으로 외계어를 내보냅니다.

그래서 자주 끊깁니다.

자주 혼동합니다.

'아'라고 말했는데,

자꾸 '어'라는 대답이 돌아옵니다.

'외계어'를 사용하지 맙시다.

잊지 맙시다.

우리에게는 억울한 일 당하지 말라고 만든,

세종대왕님의 한글이 있습니다.

한글을 사용합시다.

단골집

단짝친구가 있는 것처럼, 단골집이 있습니다.

매주 화요일에 들어서는 장.

그곳에는

채소를 사는 단골집,

과일을 사는 단골집,

생선을 사는 단골집이 있습니다.

단골집은 단짝친구처럼

서로에게 기대어

마음을 나누는 공간입니다.

서로를 할퀴거나 상처를 주는 것이 아닌,

삶의 든든한 조력자들입니다.

작은 당근 하나를 살짝 더 넣는 마음.

귤을 몇 개 더 담는 손길.

가장 싱싱한 생선을 골라내는 분주한 시선.

단골집이 아니면 느낄 수 없는 맛입니다.

'얼마예요?'가 아니라

'오늘 날씨가 따뜻하죠?'라며

안부를 묻는 단골집.

몽글몽글한 정이

굴뚝의 연기처럼 모락모락 솟아오릅니다.

살맛나는 세상입니다.

몰입의 즐거움

글쓰기를 한참 이어가다보면
글쓰기를 하고 있었다는 사실을 잊어버립니다.
의식에서 생각이 사라진 순간들.
무엇을 하고 있었는지조차 잊게 되는 순간들.
그런 순간들을 맞이할 때마다 전율을 느낍니다.
살아있음을 확인합니다.

시간여행자의 친구입니다

종종 누군가의 이야기를 듣다보면
저도 모르게 빠져들게 됩니다.
시간여행자가 된 그의 시선을 따라,
때론 어제로,
가끔은 더 오래된 시간속으로 여행길에 오릅니다.
별처럼 가슴이 반짝거렸던 순간들.
무심코 던져진 돌멩이에 울었던 순간들.
아무 특별함이 없었던 지루했던 순간들까지.
여행을 따라다니는 동안,
지루할 틈이 없습니다.
마음이 문을 열고 밖으로 나오는 소리는
언제나 가슴뭉클합니다.
그 느낌이 좋아서일까요.
오늘도 저는
시간여행자의 친구가 되려고 합니다.

오늘은 '걸음'으로 기억하겠지만,

내일은 '길'로 기억될 것입니다